당신의 멋진 성공을 기원합니다.

_______________________ 드림

왜 나는 안 되는데

Why not Me?

아카데미북

Why not Me?
왜 나는 안 되는데

지은이 장진희
펴낸이 양동현
펴낸곳 도서출판 아카데미북
      출판등록 제13-493호
      136-034, 서울 성북구 동소문로13가길 27번지
      전화 02-927-2345 팩스 02-927-3199

초판 1쇄 인쇄 2015년 3월 27일
초판 1쇄 발행 2015년 3월 31일

ISBN 978-89-5681-156-7 13810

www.iacademybook.com

이 도서의 국립중앙도서관 출판시도서목록(CIP)은
e-CIP홈페이지(http://www.nl.go.kr/ecip)와 국가자료공동목록시스템(http://www.nl.go.kr/kolisnet)에서
이용하실 수 있습니다. CIP제어번호 : CIP2015009023

헌사

이 여정을 함께하신 그분께 바칩니다.

오롯이 책임질 수 있는 삶을

제게 허락하셨습니다.

고통 속에서 성장하는 나무

— 김회권(목사, 숭실대학교 교수)

미국 캘리포니아 주 세콰이어 국립공원에는 수령이 2,600년 된 거대한 나무들이 즐비하다. 그 나무들은 대부분 밑둥 반경이 30미터가 될 정도로 거대하다. 이 나무들의 수령이 2,600년이라는 사실을 알 수 있게 된 것은 그중 한 그루가 쓰러져 나이테를 세어 보았기 때문이다.

2,600개의 나이테 중에서 83개의 나이테가 화상을 겪은 해의 나이테였다. 2,600년 동안 83차례의 불에 데이고도 살아남아 거대한 나무로 성장했던 것이다. 이처럼 한 분야에서 성공을 이룬 사람, 업적을 남긴 사람들의 인생은 순탄하기보다는 불에 덴 나이테 같은 고통의 연륜을 간직하고 있다. 사람들은 저마다의 사연을 갖고 인생이라는 아픔과 슬픔의 드라마에 휩쓸려 간다. 심지어 안락하고 평온해 보이는 전원적이고 목가적인 삶의 지층 저류에도 환난의 용암이 흐르고 고통의 기운은 깃들어 있다.

저자 장진희 보험 설계사의 자전적 스토리를 담은 이 책은 고통과 환난을 통해 한 인간이 성장하고 성숙해 가는 이야기다.

저자에게 고통과 환난은 질그릇처럼 연약한 인간 품성을 섭씨 1,000도의 고열로 상감청자나 조선백자 같은 명품 예술품으로 재창조하는 담금질이었다. 불우한 가정에서 자라나 대학교에 들어갈 기회를 빼앗기고, 혼자 인생 행로를 설계해 가야 했던 청년 시절 이야기부터, 암 투병 중에도 전설적인 재무 설계 컨설턴트요 명강사로 자라 가는 마지막 부분까지 독자들의 흥미를 끌지 않는 데가 없다.

이 책은 단지 일반적인 고통 예찬론을 제시하는 데 멈추지 않는다. 한 인간이 겪는 고통과 환난이 더 고결하고 고상한 삶의 목표와 비전에 접목될 때만이 순기능을 할 수 있다는 원리를 보여 준다.

본 추천인은 10여 년 전에 한 교회를 개척해 섬길 때 목사와 교우의 관계로 장진희 설계사를 알게 된 이래 이 책에 기록된 저자의 고통과 환난의 인생 역정을 알게 되었다. 그녀의 어머니, 두 아들과 함께 교회에 출석한 장진희 선생은 눈에 띄는 교인도 아니었고 교회에서 큰 직분을 맡은 사람도 아니었으나 그녀는 매주일 강단에서 울려퍼지는 설교에 적지 않은 격려와 도전을 받았다. 하지만 이 책은 어설픈 신앙 간증서나 신앙 선전용 책이 결코 아니다. 이 책은 큰 재목으로 자라난 나무의 나이테가 생겨 가는 드라마를 다른다. 나는 2002년 이후 장진희 선생이 부단히 공부하고 성장하는 인간으로 살아가며 어떤 음울하고도 고단한 삶의 고비도 용감무쌍하게 대처해 가는 과정을 때로는 멀리서 때로는 가까이에서 지켜봐 왔다. 그녀는 환난 중에도 즐거워하고, 고통 중에서 자라는 나무 같다.

본 추천인은 이 책을 다음과 같은 사람들에게 추천한다.

첫째, 자신이 가시 둥지 같은 가정환경에 집어던져진 채 인생을 강요당했다고 생각하는 사람들이 읽었으면 한다. 인생은 결코 공평한 룰에 따라 움직이지 않는다. 어떤 사람에게는 감당하기 힘든 굴욕과 가난, 불행과 고통이 여름 장맛비처럼 쇄도하는데, 어떤 사람들은 어떤 철학적 성찰이나 종교적 위안이 필요 없을 정도로 유복해 보인다. 만사가 형통할 때에는 철학적 성찰이나 종교적 위안도 불필요할 수도 있다. 그러나 고통과 환난의 순간에는 옛 보금자리, 체면과 자존심, 명예와 사회적 신용이 산산조각난다. 이 책은 이런 참혹하고 무거운 순간을 맛보는 사람들에게 지극히 섬세한 위로의 동반자가 될 것이다.

둘째, 자기 직업 세계에서 성장과 진보를 원하는 사람들에게 격려가 될 것이다. 이 책에서 저자는 자기 성장을 위해 독서를 시작하게 된 배경, 독서가 주는 유익 그리고 자신의 독서 노하우 등을 소개하고 있다. 이는 독자들에게 자극과 도전을 불러일으킬 것이다.

셋째, 이 책은 보험 설계 등 포괄적인 보험 세일즈 등에 입문하려거나 그런 일에 종사하는 사람들에게 더없이 전문적이고 실무적인 조언과 지혜와 통찰을 제공할 것이다.

마지막으로, 자신의 앞길을 가로막은 거대한 장애물 ― 그것이 질병이든, 원수 대적이든, 역경이든 상관 없이 ― 앞에 서서 다리가 부들부들 떨리는 연약함에 빠져 있는 모든 사람들이 이 책을 읽고 고통과 무의미 너머에 있는 각자가 도달해야 할 고귀한 삶의 목적, 비전이라는 모천母川을 향해 물을 거슬러 가며 헤엄쳐 올라가는 연어처럼 용감해지기를 간절히 바란다.

'연어 같고 진주 같은'

— 달팽이상담센터 J소장

누군가의 인생을 들여다본다는 것은 매우 흥미로운 특권이기도 하고 고통이기도 하다.

그녀가 나와 함께 이렇듯 긴 세월 동안 질긴 인연이 되리라고는 상상도 못했다. 우연히 보게 된 그녀의 첫인상은 매우 지쳐 있었고 절망스러워 보였기 때문이다. 당시 그녀는 내가 다가가기조차 두려울 정도로 고통이 느껴졌었다.

오랜 세월 옆에서 지켜본 그녀의 상담사이자 친구로서 내가 경험한 장진희를 한마디로 말한다면, 자신의 고통을 떨쳐 버리려는 강렬한 의지가 자신의 생명을 진주처럼 빛나게 한 사람이라고 말하고 싶다.

인간은 발달 과정 중에 자신의 인생에 영향을 미칠 중요한 관계들을 경험하게 된다. 출생, 어린 시절의 부모, 청소년기의 친구들, 성인기의 결혼과 직업은 우리에게 매우 중요한 핵심적 관계이자 환경이라고 할 수 있다.

출생은 인간이 죽을 때까지 기념할 만큼 매우 중요하다. 그러나 장진희는 생일이나 기념일만 되면 괴롭다. 세상은 그녀가 열한 살이 될 때까지 그녀의 존재를 몰랐다. 그녀의 아버지는 그녀의 출생을 세상에 알리지도 않은 채 가족을 떠났기 때문이다.

출생신고가 되어 있지 않은 11년은 그녀를 존재적으로 거부하는 듯한 처사였다. 존재를 인정받지 못한 그녀는 늘 자살에 대한 유혹을 경험할 수밖에 없다. 세상에 나는 없는 존재이므로 없어지는 것이 이 모순을 제거할 수 있는 유일한 방법이며 또한 이들은 받아들여지거나 사랑받을 자격이 없는 쓸모없는 존재로서의 자아상을 갖게 되기 때문이다. 자신의 부모를 모른 채 입양된 아동들이 그 뿌리를 잃어버리고 땅 위에 부자연스럽게 박혀 있는 나무 같다고 느끼는 것이 그 때문이다. 자신이 뿌리 내릴 곳을 찾느라 누군가에게 의존하게 되고 또 누군가에게 배신당하는 악순환이 계속된다. 의존하고자 하는 이들의 성향은 환상적인 안전지대를 찾게 된다. 대상들에 대해 완벽한 부모, 신적인 수용 등 환상적인 기대를 갖게 되는데, 이 기대는 그들을 실망시키고 분노하게 한다.

그녀의 일은 열심히 일하면 배신하지 않고 보상을 주었다. 그러므로 그녀가 안전하게 여기는 완벽한 부모에 가장 가까운 대상이었을 것으로 짐작된다. 그래서 그녀는 보험과 자신을 동일시했으며 자신이 곧 보험이고 보험이 곧 자신이 될 수 있었다고 본다. 이제는 보험인으로서의 장진희가 아닌, 보험의 주인으로서의 장진희, 존재적으로 우뚝 선 장진희를 보게 되어 기쁘다.

어린 시절 부모를 기다리는 그녀의 고통은 늘 절망 끝에서 엄마가 선물을 한 보따리 들고 오실 때 마감되었다. 그녀는 자신의 영업 방식에 있어서도 기다림이 너무 싫어서 기다리지 않고 받는 선물, 즉 개미 여왕을 선택하기로 한 것이다. 자신의 삶에서는 자발적으로 선택한 것 없이 그냥 당한 일이지만, 직업과 자신의 업무 방식은 스스로 선택한 일이었으므로 당당하고 자랑스러운 성과를 낼 수 있었으리라 짐작된다.

엄마를 만나면 너무도 행복했던 아기가 어느덧 자라서는 자신을 아프게 함으로써 엄마를 괴롭히고 싶은 소녀가 되었다. 얼마나 힘들었으면…… 제 몸 아픈 건 생각도 하지 않고…….
지금도 자신을 힘들게 하는 상황이 되면 온몸이 돌덩이처럼 굳어지고 죽고 싶을 만큼 아프다. 엄마를 괴롭히고 싶었던 어린 딸은 이미 죽었고, 아름다운 진주로 재탄생한 성숙한 여인이 되었으면서…….
아직도 그녀 안에 있는 소녀는 잔뜩 화가 나서 세상을 향해 '내가 아파야 너도 괴롭지?' 하는 것 같다.

엄마가 떠난 자리에 친구들이 들어왔지만 자신보다 두세 살씩 많은 친구들과는 늘 불평등한 경쟁을 해야만 했고, 힘을 사용해야 하는 상황에서는 한 번도 이겨 본 적이 없다. K사에서 성과를 내고 K사 회장님과 지점장님, 많은 동료들 앞에서 상을 받고 인정받으니 얼마나 좋았을까! 처음으로 세상을 이겨 본 것이다. 이 승리감을 충분히 누려 보기를 기대한다. 물살을 거슬러 올라가는 연어처럼……. 이제 시작일 뿐이다.

그녀에게는 아직도 남은 여정이 있다. 아버지! 너무도 그립고도 미운, 그러나 그보다 훨씬 큰 욕망으로 용서하고 싶은 그녀의 소망을 향한 마지막 여정이 될 것이다. 그녀의 남편은 그녀에게 큰 고통이었으나 그녀는 자신의 결혼 생활에 그보다 더할 수 없을 만큼 최선을 다했다. 아마도 그에 대한 여한은 없을 것이다.

이 모든 삶의 파편들은 그녀의 사회생활, 즉 직업 세계 속에 그대로 녹아들어 아름다운 진주처럼 빛이 난다. 조개의 몸부림으로 인해 아름답게 탄생한 그 진주, 그보다 더 귀하고 아름다운 여성, 그래서 정말 장한, 그녀가 바로 장진희다.

내 마음속 기둥 하나

— 김동희(리틀코리아 · 인생설계학교 대표)

부럽다. 누군가의 마음, 흔들 수 있는 사람이어서

늘 밝고 당당한 모습만 보여 줘서 몰랐다.

그렇다. 누구나 자기만의 삶의 무게가 있다.

누군가는 그 무게에 짓눌리지만,
누군가에게는 삶의 근육을 만드는 파열점이기도 하다.

삶은 보여지는 대로 그려진다.

그녀는 삶을 바라보는 아름다운 눈을 가졌다.

덕분에 마음속 든든한 기둥 하나 세우게 되었다.

기꺼이 내 책임을 짊어지련다

나는 열한 살이 되어서야 출생신고가 이루어져 존재를 인정받았다. 하지만 출생신고가 늦었다고 인생이 뒤처져야 할 이유는 없었다. 출생신고 이전에도 나는 존재하고 있었고, 내 삶과 존재 가치는 행정적 절차가 아니라 나를 향한 나의 사랑에 의해 좌우되는 것이다.

내 인생을 책임지고 싶었다.

책임진다는 것은 나를 사랑하는 것이다.

고졸, 그것 때문에 적당한 직장에 만족해야 한다고 생각지 않았다. 내 인생을 책임지고 싶었다. ― 책임을 진다는 것은 도전하는 것이다.

이혼, 그것 때문에 삶을 실패라고 생각지 않았다. ― 내 인생을 책임지려 했다. ― 책임을 진다는 것은 받아들이는 것이다.

사기와 소송, 그것 때문에 동굴 속으로 들어가야 한다고 생각지 않았다. 사람들은 큰 실수를 하고 나면 쥐구멍에라도 들어가고 싶다고 한다. 부끄러움에 낯을 들기 어려워서다. 나 또한 그랬다. 내 자신이 원망스러웠다. 하지만 부끄러움 때문에 어디론가 숨고 싶지 않았다. 숨어 버리면 다른 사람들의 눈을 피할 수 있다. 그러나 그보다 더 무서운 나의 눈은 내가 아무리 어두운 곳으로 숨어도 나를 지켜본다. 나는 내 인생을 책임지려 했다. 책임을 진다는 것은 인정하는 것이다.

암, 그것 때문에 모든 것을 내려놓아야 한다고 생각지 않았다. ㅡ 여전히 책임지고 싶은 것이 많았다.

남의 탓을 하며 살면 피해자가 될 뿐이지만 책임지며 살면 내 인생의 주인공이 될 수 있다.

목 차

Part 1

진주가 되다

최고의 자리에 오르다

2012년 10월.

S화재사 억대 연봉 설계사들을 대상으로 하는 핵심 인재 개발 교육 과정 5시간 강의가 막 끝난 참이다. 100명의 사람들이 기립해서 나에게 박수를 보내며 환호하고 있다.

세상에! 이게 진짜일까?

혹시 발이라도 헛디뎌 넘어지면 확 깨 버리는 꿈은 아니겠지?

내가 언제 다른 사람에게서 이런 박수를 받아 본 적이 있었나?

그 누가 나의 이야기에 이렇듯 열렬히 지지를 보내 준 적이 있었나?

맙소사! 꿈이 아니다! 진짜다!!

온몸에 전율이 느껴졌다.

'사람들에게 인정받는다는 게 이런 거구나…….'

'지지를 받는다는 건 이토록 가슴 벅찬 일이구나…….'

그동안 수없는 거절에 낙담하고 주눅들었던 내 모습이 주마등처럼 스쳐 지나가며 꾹꾹 삼켜 왔던 울음이 울컥울컥 목젖을 타고 올라왔다.

재래식 마을 공동변소가 차 올라 신문지로 꾹 누르고 용변을 봐야 했던 어린 장진희가 이렇게 멋진 워킹걸이 됐다. 천막을 쳐서 만든 간이 부엌에서 목욕을 하다가 연탄가스에 정신을 잃기도 했던 고등학생 장진희가 커리어 우먼이 된 것이다. 아버지의 무관심에 절망하고, 끊임없는 남편의 트집과 집착에 몸과 마음이 병들었던 나 장진희가 이렇게 많은 이들의 박수를 받으며 걸어 나가고 있다. 암에 걸려 가슴 한 부분을 내주어야 했던 우울한 장진희가 이 많은 이들에게 희망을 전하는 사람으로 우뚝 선 것이다.

아, 아버지! 나는 삶을 이만큼 가꾸었습니다.

환호하는 청중들에게 몇 번이고 허리 숙여 인사하며 그들의 사랑과 격려를 온몸으로 느꼈다.

감사합니다. 나의 말에 귀 기울여 주어 감사합니다. 나의 이야기에 공감해 주어 감사합니다. 나의 지지자가 되어 주어 정말 감사합니다.

그 뒤 강의를 들은 몇 분은 내게 이런 편지를 보내 오기도 했다.

아티스트~ 당신의 강의를 들은 후 예술 작품 하나를 본 듯한 감정이 듭니다. 하나하나마다 기승전결이 이루어지는 강의에 감동 받았습니다. 말 한마디 한마디에 나를 녹여 낼 수 있는 능력……. 너무 부럽고 당신의 열정에 박수를 보내 드리고 싶습니다.

저도 언젠간 강사님처럼 1인분의 인생이 아닌 2,3인분의 삶으로써 다른 누군가에게 희망을 주기 원합니다. 오늘 명강의 너무 감사드리고, 다음에 또 뵙길 기대합니다. － ○○화재 FRC 이**

강의 잘 들었습니다.

보험 인생 20년의 삶을 뒤돌아보았고 또 많은 반성도 했고 같은 신앙인으로서 공감도 했습니다.

성공도, 재물도 중요하지만 건강이 제일 중요하지요. 강사님이 건강해야 더 많은 황량한 영업의 세계에 비를 내리지요……

부탁드립니다. 꼭 건강하시고 오래 강의하세요. － SSU 소향무적 김**

열정 강의 잘 들었습니다.

목소리도 좋고, 지식도 많이 알고 부럽습니다.

장진희 님의 책과 약관책을 내 것으로 만들어서 장진희 님과 조금 비슷하게 영업하고 싶네요. 가끔 아주 가끔 전화 드려도 되죠?

건강도 완치되시길 바랍니다.

하시는 일 승승장구 기원합니다. － 백○○ RC

나는 25세에 보험 영업을 시작하여 지금까지 25년째 현장에서 활동하고 있는 현직 보험인이다. 초기에 다듬어지지 않았던 시기를 빼고라도 1995년부터 16년간 매월 평균 30건, 총 6,000건 이상의 신계약을 체결했다. 그래서 '국내 최다 건 판매 기록 보유자'라는 타이틀도 갖고 있다.

1996년 이후 K생명 고객만족대상을 11회 수상하였으며, 3W 120주 달성 기록과 함께 백만불원탁회의(MDRT 2003, 2006, 2007, 2008, (2009년 COT)) 회원이기도 하다.

그동안의 열정을 증명해 주는
각종 상패와 트로피

《여성조선》,《CNB저널》등 유력 월간지에 성공스토리 주인공으로 소개된 뒤로는 더욱 많은 사람들이 나를 찾는다. 내 경험과 노하우를 후배들과 나누기 위해 시작한 강연 활동도 큰 호응을 일으켜 요즘은 10대 보험회사에서 가장 초청하고 싶어 하는 명강사가 되었다.《장진희의 보장자산 실감화법》이 2만 5,000부 판매되면서 베스트셀러 작가라는 명성도 얻었다.

이뿐만이 아니다. 나의 경험과 노하우를 나누며 후배들과 함께하는 시간을 갖고 싶어 실감화법코칭센터를 운영하고 있고, 허브향이 가득한 수목원 안에 힐링 강의장도 개설해 두었다.

이 얼마나 소중한 기록들인지. 남이 가진 한 가지가 부러워 늘 주눅 들어 자라야 했던 내가 남이 부러워할 여러 가지를 손 안에 갖고 있는 셈이다. 늘 부족했고 늘 갖고 싶었기에 내가 얼마큼 쥐고 있는지도 모른 채 달려왔다. 문득 돌아보니 이 자리다. 스스로도 대견하다.

누군가에게는 인생이 허니 버터처럼 달달했겠지만 내가 지나온 시간은 그렇지 않았다. 저 깊디 깊은 심연의 바닥이라도 뚫어 버릴 것 같은 결핍과 좌절로 가득했던 날들이었다. 하지만 난 얄궂은 인생에 당하지 않았다. 희망의 펌프질로 끌어올리기를 반복했다. 과연 나에게 어떤 힘이 있었기에 이런 일들이 가능했을까?

첫째, 나는 오지랖이 넓다.

좋은 것을 알게 되면 가까운 이들에게 알리고 싶어서 엉덩이가 들썩거린다. '거룩한 책임감' 아니 '열정'이라고 불러도 좋겠다. 좋은 건 어떻게든 널리 알리고픈 마음이 오늘의 나를 만들었다.

둘째, 책임감이다.

나는 1인 기업 사장의 마인드로 일한다. 고객의 요청이 들어올 때면 관리자에게 부탁하지 않고 직접 발로 뛰어 문제를 해결한다.

상품을 판매할 때도 마찬가지다. 상품에 대해 양심이 설득 당할 때까지 공부하고 또 공부한다. 이해되지 않는 부분은 100번이고 200번이고 확신이 들 때까지 반복해서 읽고, 끝까지 이해되지 않으면 상품 개발자에게 전화를 해서 반드시 확인하고 판매했다.

행여 나의 말실수로 인해 보장에 대한 안내가 잘못 전해질 경우 끝까지 책임을 진다. 예를 들면, 신입 영업 사원 시절, 질병입원과 상해입원의 정확한 차이를 알지 못해서 고객에게 안내를 잘못한 적이 있었다. 결국 그 고객에게 보험금이 지급되지 않았다. 나는 내 말을 믿고 가입해 준 고객과의 약속을 지키기 위해 병원비를 대신

내 주었다. 물론 그 일로 인해 고객의 신뢰는 더욱 두터워졌다.

셋째, 창의성이다.

한번은 군부대 옆 관사 아파트를 눈여겨본 적이 있었다. 군부대에는 설계사들이 쉽게 찾아가지 못했을 것 같았다. 어느 날 나는 부대 입구에 '△△부대 주민을 위한 ○○보험'이라고 크게 써서 붙였다. 얼마 지나지 않아 군부대에서 철거하라고 연락을 해 왔다. 물론 예상은 했지만 철거하라고 할 것까지야……. 난 오히려 그 일을 기회 삼아 군부대 사람들과 보험 계약을 성사시켰다.

넷째, 간절함이다.

간절함은 창의성과 끈기, 투지를 불러일으킨다.

한 번은 종신보험을 어디 가서 팔면 잘 팔 수 있을까 고민을 거듭하다가 벽제 화장터를 찾아간 일이 있었다. 사람들이 감히 화장터를 찾아갈 생각은 하지 못할 때였다.

나는 화장터를 관리하는 직원들을 떠올렸다. 그들은 매일 죽음과 마주하니 사후에 대해 생각하지 않을 수 없을 것이다. 생명보험에 대한 니즈needs가 매우 높다는 말이다.

출입이 편한 곳을 찾아 호텔이나 백화점에도 많이 갔다. 내 외모가 화장품 회사 직원처럼 보인다는 평은 이 때문에 생긴 것 같다.

쫓겨나지 않으려면 단골 고객처럼 외모를 꾸밀 수밖에 없었다. 간절함, WANTS! 내가 원하는 것이 무엇인지 정확하게 알고 있었기 때문에 내가 무엇을 해야 하는지도 분명하게 알고 있었다. 간절함은 세 1의 성공 비결이다.

마지막으로, 근성이다.

나의 근성은 생존형 도전이다. 원하는 것을 이룰 때까지 찾아가고 또 찾아간다.

1995년 8월은 내가 첫 번째 단체보험 계약을 성사시킨 날이다. 출발은 작은 계기에서였다.

8월의 어느 날, 엄마의 월급봉투가 있길래 무심코 들여다보니 '단체보험 13,000원'이라는 항목이 눈에 들어왔다. 엄마께 이게 뭐냐고 여쭈었더니, "회사에서 넣어 주는 건데 3개월 뒤에 끝나."라는 대답이 돌아왔다.

그 얘기를 듣고 무작정 엄마의 직장인 P호텔로 찾아갔다. 그리고 3개월 동안 날마다 호텔 노조 사무실을 방문했다.

직장인 단체보험은 직원들 복리 후생 차원에서 하는 것이기 때문에 노조에서 관할한다. 보험에 관한 결정권은 회사가 아니라 노조에 있었다. 그리고 당시 내가 소개한 K사의 단체보험 상품은 타사에 비해 보장 내용이 월등히 좋은 상품이었다. 사무실 담당자들이 나만 보면 도망갈 정도로 방문한 끝에 마침내 단체보험 계약을 체결했다. 나의 끈기와 열정, 상품의 우수함이 단체보험 가입이라는 결실을 얻어 낸 것이다.

당장 S사는 난리가 났다. P호텔 총지배인의 친구가 S보험사 설계사였던 까닭에 직원들의 단체보험은 수년째 S보험사에서 관리하고 있었다. 그런데 그 단체보험을 느닷없이 내가 따낸 것이다.

단체보험이 체결되기까지 극도의 긴장감에 시달렸던 나는 신경성 위염으로 1개월간 치료를 받아야 했다. 하지만 이 단체보험은 내 억대 연봉의 시초가 되었다.

개미 여왕

단체보험을 체결한 이후, 15년 동안 매주 3회씩 오후 2시면 무조건 P호텔을 방문했다. 몸이 아파도 기어이 그곳 의무실에 가서 누웠다. 덕분에 의무실 간호사와도 보험 계약을 맺었고, 나를 쫓아내던 안전 관리 요원도 고객이 되었다. 1년간 톰과 제리처럼 숨바꼭질하며 사탕을 한 주먹씩 선물하다가 인간적으로 친해진 결과였다. 결국 인사팀장, 총무팀장, 경리부장을 비롯한 1천여 명의 직원이 모두 나의 고객이 되었다. 비결은 열정과 책임감 그리고 질릴 정도로 반복된 성실함 때문이었다.

내 계약의 특징을 보면 한 고객이 보통 10건, 6건, 5건씩 1인 다건 계약이 많다. 주위에서 부럽다며 노하우에 대해 많이 궁금해 하는데, 사실 그 비결은 소심한 내 성격 탓이다.

큰 계약일수록 고객도 결정하기까지 많은 시간을 필요로 한다. 큰 금액의 계약은 중간에 해지하면 손해도 그만큼 크기 때문에 아무래도 가입을 신중하게 결정할 수밖에 없다.

그런데 유년 시절의 영향 때문인지 나는 기다리는 시간이 가슴 답답하고 불안하게 느껴져서 잘 견디지 못했다. 그래서 고객이 빨리 결정할 수 있도록 적은 금액으로 나누어서 판매하는 전략을 선택했다.

월납 100만 원의 보험 계약을 성사시켜야 한다면 한 번에 100만 원 상품 1건이 아니라, 10만 원 상품을 10회에 나누어서 결정하게 하는 식이다. 1년에 1건씩, 6개월마다 1건씩 조금씩 고객과의 관계를 친밀하게 맺으면서 점차적으로 계약을 늘려 갔다.

가진 자 앞에 서면 어쩐지 주눅이 들기에 나와 환경이 비슷한 사람들, 정말 보험이 절실한 이웃들을 찾아다니며 최대한 발품을 팔았다. 이렇게 16년간 매월 30건, 총 6,000건의 신계약을 달성했다. 방송인 김병만도 울고 갈 보험업계의 달인이 된 것이다. ^^

친인척도 없고, 동창도 없었다. 오로지 발품을 팔아 이룬 결과다. 학연, 지연, 인맥 모두 없던 내가 어떻게 그럴 수 있었을까. 내가 생각해도 신기하다.

작은 건들은 해지 없이 오래 유지되는 편이다. 큰 금액의 계약은 중도 해지 시 손해가 나므로 가입 결정을 신중하게 하지만 사람이 내일 일을 어찌 알겠는가. 상황이 너무 힘들면 아무리 신중하게 선택했던 보험이라도 해약을 하게 된다.

작은 금액의 상품을 여러 건 진행하면서 고객과 좋은 관계를 유지하면 결과적으로는 남들과 같은 금액의 계약을 이룬 셈이 된다. 물론 시간은 5년, 10년이 걸릴 수 있지만 그 기간 동안 추가로 지인을 소개 받거나 다른 고객으로 확대되는 효과를 얻을 수 있다. 중간에 나한테 가입한 보험으로 보험금을 타게 되면 신뢰가 두터워져서 그 다음 보험은 더 수월하게 진행되기도 한다. 또한 여러 명의 고객에게 계약을 하면 위험이 그만큼 낮아진다. 한 사람이 해약을 해도 유지율이 확 떨어지지 않으니까 소득의 굴곡 또한 없다. 이것이 내가 최다 건 판매 계약의 신화를 이룬 비결이다.

지금까지 내가 겪은 경험과 노하우는 실감화법코칭센터 강의를 통해 많은 후배들에게 전달되었다. 내 강의를 들은 많은 분들이 공감하고, 영감을 얻고, 다시 한 번 뛸 수 있는 용기를 찾았다고 전해

왔다. 타인에게 희망과 용기를 줄 수 있는 삶. 보험인 생활을 처음 시작할 때는 상상조차 하지 못했던 일이다. 나 하나, 우리 가족만을 보고 시작했던 일이었다. 햇빛이 드는 밝은 집에서 살고 싶어 시작한 일이었다.

그런데 이제 나는 많은 후배들에게, 영업인들에게, 숨죽이고 사는 여성들에게 희망을 말한다. 꿈을 꾸는 것조차 사치인 줄 알았던 내가 누군가에게 희망의 불씨가 되어 줄 수 있다니. 지금의 내 모습이 자랑스럽다.

그는 아주 정성스럽게 도토리 100개를 심었다. 점심을 먹고 나서 그는 다시 도토리를 고르기 시작했다.

그는 3년 전부터 이 황무지에 홀로 나무를 심어 왔다. 도토리 10만 개를 심었고, 10만 개의 씨에서 2만 그루의 싹이 나왔다.

그는 들쥐나 산토끼들이 나무를 갉아 먹거나 신의 뜻에 따라 알 수 없는 일들이 일어날 경우, 이 2만 그루 가운데 또 절반가량이 죽어 버릴지도 모른다고 예상하고 있었다. 그렇게 되더라도, 예전에는 아무것도 없었던 이 땅에 떡갈나무 1만 그루가 살아남아 자라게 될 것이다.

― 장 지오노Jean Giono의 소설《나무를 심은 사람》중에서

나도 매주 3회씩 호텔을 방문할 때마다 상품 소개 전단지 100장과 정성스럽게 포장한 사탕을 준비해 갔다. 직원들을 마주칠 때마다 전단지와 사탕을 손에 쥐어 주었다.

한 번은 3년 넘게 사탕을 받으신 요리사 한 분이 사탕값을 하겠겠다며 자발적으로 보험에 가입하신 적도 있다.

나는 날마다 씨앗을 심는 마음으로 한결같이 그곳에 갔다. 평소에 상품을 열심히 홍보해 두면, 보험료 인상과 같은 호재가 발생했을 때 그 결과물을 얻게 된다. 한 마디로 '수확의 계절'. 한 달 동안 부려 66건를 판매한 적도 있다.

이 소설의 주인공에 의해 1910년부터 심어진 도토리는 25년이 지난 뒤에 울창한 떡갈나무 숲으로 변해 있었다. 1914년에 1차 세계대전이 일어났지만 그는 전쟁이 난 것도 모른 채 나무 심는 일을 계속했던 것이다.

나도 내가 16년간 몇 건을 판매했는지는 강사 프로필을 만들기 위해 본사에 판매 기록을 요청한 뒤에야 알았다. 16년간 내 삶에 1차 세계대전과도 같은 위기가 있었지만 상품을 파는 일은 멈추어 본 적이 없기에 6,000건 판매 기록을 달성할 수 있었던 것이다.

주인공 엘제아르 부피에는 매일 황무지 위에 도토리를 100개씩 심어 수십 년 뒤에 그 황무지를 울창한 떡갈나무 숲으로 만들었다. 어느 날, 황무지가 거대한 떡갈나무 숲으로 변한 것을 발견한 프랑스 의회는 조사단까지 파견했는데, 정작 그 숲의 비밀 즉, 매일 100개씩 도토리를 심은 사람이 있었다는 사실은 모른 채, 천혜의 숲이 프로방스 지방에 펼쳐졌다고 감탄할 따름이었다.

— 정진홍의 《완벽에의 충동》 중에서

칭찬은 고래를 춤추게 한다

힘든 영업 일을 25년간 즐겁게 할 수 있었던 비결이 뭘까 생각해 보니 '칭찬'이라는 단어가 떠오른다.

K보험사에서 나를 처음 담당했던 지점장이 정말 잘해 주셨던 기억이 난다. 아침에 출근하면 찾아와 인사하고, 외근하고 오면 잘 다녀왔느냐며 아는 척을 해 주셨다. 사회생활을 하면서 그런 대접을 처음 받아 본 나는 한껏 고무되었고, 지점장을 기쁘게 해 드리기 위해 더욱 열심히 일했다.

칭찬에 자극 받은 고래가 된 것이다. 사람은 밥만 먹고 사는 존재가 아님이 분명하다. 특히 나 장진희는 그랬다. 기분으로 사는 존재였던 것이다. 신입 5개월 만에 그렇게 큰 단체보험을 땄으니 얼마나 흥분되었을까?

보통은 그 명성을 몇 해 유지하지 못하고 사그라지는 경우가 허다하다. 하지만 나는 20년째 여전히 억대 연봉자다.

1년에 한 번 있는 본상 시상식도 나에게는 또 다른 형태의 칭찬이었다.

나는 입학식이나 졸업식 때 가족의 축하를 받은 기억이 거의 없다. 그 흔한 돌잔치나 생일 기념사진도 없다. 졸업식 날 친구에게 꽃다발을 빌려 사진을 찍었던 기억이 난다. 그런데 보험회사에서는 결과가 좋으면 정말 화려하게 축하해 주었다. 상을 타는 것도 좋았고 곱게 한복을 차려입고 왕관을 쓰고 진행하는 행사 내용이 다 마음에 들었다. 그날만은 내가 주인공이었다.

백일잔지, 돌잔치를 못했던 내게, 입학식과 졸업식이 큰 의미가 없었던 내게, 보험 설계사들의 시상식은 동화처럼 환상적인 잔치였다.

2만 명의 설계사 가운데 50위 안에 들면 본상 행사장에 초대받는다. 비록 여왕을 하거나 3위 안에 든 적은 없지만 11회 장기 수상의 기록을 갖고 있다. 보험 여왕이 되어 번쩍하고 나타났다가 유혹에 빠져 패가망신하는 설계사들도 허다하기 때문에 장기 수상의 기록은 큰 의미를 지닌다. 왕관을 씌워 주고, 옆에서 총을 쏘며 분위기를 띄우고 여왕 대접을 해 주니 저절로 흥분되는 자리다. 동기

부여 차원에서, 수상자가 아니어도 시상식에 참석하는 경우도 있다. 드레스는 본상에 올라도 1~3등이 되어야만 입을 수 있다.

슬럼프에 빠져들다가도 그 자리만 생각하면 힘이 났다. 고통 속에서 모든 걸 놓고 싶을 때, 목마른 사막의 오아시스처럼, 한 방울의 꿀처럼 달달하게 느껴졌다. 아마도 회사의 그런 칭찬과 격려, 화려한 축하가 나를 여기까지 오게 한 게 아닌가 싶다.

그런데 축하를 즐기는 것을 넘어 신기루를 좇기 시작하면 끝이 좋지 않다. 무리한 방법, 변칙적인 방법을 동원해서 보험 계약을 하게 되고, 결과는 상상하는 바 그대로다. 나는 3만 원, 5만 원 하는 보험을 모아 6,000건을 성사시켰고, 그 내용을 모아 구조화해서 책으로도 만들었다. 지점 중에는 내 책으로 조회를 대신하는 곳도 있다. 간단히 20분간 돌아가면서 책을 읽고 하루를 시작하는 것이다. 책을 현장에 갖고 나가 수시로 보면서 영업을 하는 설계사도 있다. 이쯤 되면 장진희 인생 성공한 것 아닌가? 롤러코스트의 최고 정점 구간인 셈이다.

〈인터넷서점 독자 리뷰〉

이런 책은 처음이다! je**777 | 2012-07-23

이런 책은 처음이다!

보험인으로서 보험 영업에 관련된 여러 책을 읽었지만, 의학박사

의 감수까지 받은 책은 처음 읽어 보았다. 그 외에도 여러 전문가
들의 도움글은 이 책의 가치를 더욱 높여 준다.

이 책에는 저자 장진희의 생생한 경험과 영업 현장에서 바로 활
용할 수 있는 화법이 담겨 있다. 한 가지씩 따라 하면서 자신에게
맞는 방법으로 응용하면 더 좋은 성과를 얻을 수 있을 것이다.

'당신은 당신이 원하는 것이 무엇인지 알고 있다.'

이 책을 읽고 그것을 얻어라.

— 교보문고 독자 리뷰

이 책은 경험이다 kj**528 | 2012-07-22

책을 읽고 널리 알리고 싶은 이타적인 마음과 나만 알고 싶은 이
기적인 마음이 공존하였다.

질문을 통한 화법이나 각종 업계에 넘쳐나는 화법책을 많이 보았
지만 이 책은 다른 책들과 다름을 느꼈다.

마치 저자는 방향성과 철학이 무엇인지를 보여 주는 경험을 토대
로 독자와 이야기를 나눈다.

어느 분야든 결국 경험이 전문가로 이끈다.

저자의 글을 꼼꼼이 읽는다면 가장 짧은 시간에 시행착오를 줄여
주는 선물이 될 듯하다.

— 교보문고 독자 리뷰

보험 설계사는 사회 운동가

평소 아무리 친절하고 나정했던 사람도 내 직업이 보험 설계사라는 사실을 아는 순간 변한다.

대부분의 설계사들이 상품을 홍보하고 계약을 성사시키려는 욕심을 그대로 드러내기 때문에 직업 이미지가 좋지 않다. 찰나에 싸늘해지는 눈빛이 나를 주눅 들게 한다. 때로는 살짝 모욕감도 밀려온다. 하지만 거기서 포기하지 말고 상대의 생활이나 직업을 이해하면서 차분하게 가장 유용한 상품을 안내하면 고객들은 자연스럽게 이야기에 빠져든다.

김회권 목사님을 처음 만났을 때다. 스스로의 직업에 대한 자부심이 부족했던 나는 기어 들어가는 목소리로 '보험 설계사'라고 소개했다. 그런데 목사님이 '훌륭한 직업'에 종사하고 있다며 노고를 치하하시는 게 아닌가. 나를 깜짝 놀라게 한 목사님의 말씀은 다음과 같다.

"진정한 기부는 받는 사람의 자존심을 다치지 않게 하는 것입니다. 안동의 최 부자는 일부러 곳간 문을 활짝 열어 놔서 도움 받는 사람이 굴욕감을 느끼지 않게 했다고 합니다. 보험이야말로 생색내지 않고 기부하는 거룩한 행위입니다. 암 보험에 가입하는 것은 암 환자를 돕는 일입니다. 자신이 돕고 있다는 것조차 모르게 돕고, 받는 사람도 자존심이 상하지 않는 거룩한 기부죠. 종신보험에 가입하는 것은 소년소녀 가장을 돕는 일입니다. 기부하는 사람은 우쭐대지 않고 기부 받는 사람도 자존심이 다치지 않으니 거룩하지요."

신선한 충격이었다. 보험을 안내하고 있는 나조차도 생각하지 못했던 발상의 전환이었다. 그 뒤로 나는 고객들에게 상품이 무조건 좋다는 표현은 삼갔다. 그리고 솔직하게 설명했다.

"사망이나 생명 등 돈으로는 따질 수 없는 가치에다가 가격을 매겼으니 거부감이 드는 게 솔직한 심경이실 겁니다. 보험은 비극적인 미래를 파는 것이 맞습니다. 행복한 얘기만 해도 모자랄 판에 제가 찾아와 불행한 얘길 하고 있으니 마음이 불편하신 게 당연합니다."

이 말을 들은 사람들의 태도가 이전과는 확연히 달라지는 것을 느낄 수 있었다.

이제 나는 보험 영업은 사회 공헌이며 보험 설계사라는 직업은 사회 운동가라는 생각을 한다. 사회의 불안하고 취약한 곳을 미리 찾아내 준비하고 대책을 마련하니 이보다 보람 있는 직업이 또 어디 있겠는가?

직업에 대한 자부심이 생기니 일할 때도 몇 배 더 신바람이 났다.

또한 상품에 대한 공부를 하면 그 상품의 존재 이유에 대해 납득하게 된다. 그렇게 되면 영업하는 과정에서 오는 심리적 혼란이 어느 정도 수습된다. 영업을 타인의 주머니에서 돈 나오기를 부탁하는 것쯤으로 여겼을 때 생기는 부끄러움이 사라지고, 사람들의 거절로 인해 생겼던 심리적 위축이나 두려움도 없어진다.

지금껏 나는 보험과 함께 성장하고 보험과 함께 생활했다. 보험이 나였고, 내가 보험이었다.

돌아보면, 사람보다 보험과 돈에 대해 더 애착을 가졌던 때도 있었다. 하지만 이제 나는 알고 있다. 애착의 과정이 지나면 분리의 과정을 겪어야 한다는 사실을.

지금은 보험회사에 몸담고 있지만, 이곳을 떠나야 할 때가 분명히 있을 것이다. 그때가 되면 나의 정서와 정신적인 영역이 보험과 분리될 것이라고 생각한다. 보험에 의지해서 내 존재감을 표출하는 것이 아니라 고유한 존재로서의 내 존재감을 느끼게 되기를 소망한다.

막연한 목표를 위해 달리면 쉽게 지치고 넘어지게 마련이다. 하지만 시기와 내용이 구체적으로 적힌 비전 보드를 준비하고 달린다면 지치지 않을 수 있다. 그래서 내 사무실 책상과 안방 책상에는

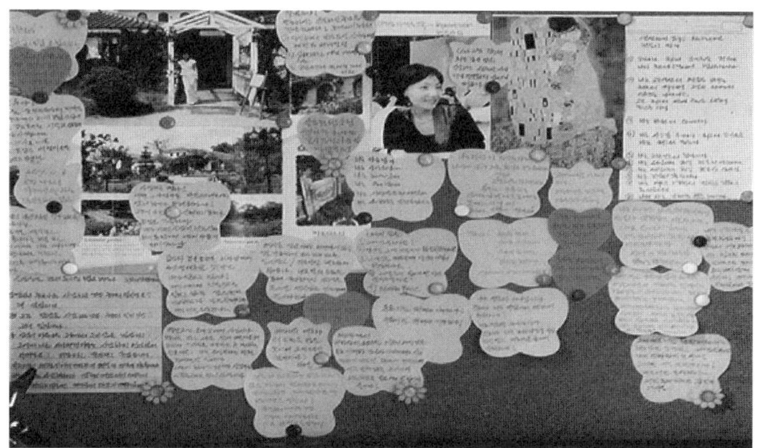

"이미 성공한 모습을 마음속으로 생생하게 그리는 습관은 목표를 달성하는 가장 강력한 수단이다." - 에스티 로더Estee Lauder

늘 비전 보드가 준비되어 있다.

비전 보드를 보면서 매일 아침, 점심, 저녁, 틈나는 대로 되새기고 다짐하면 어느 새 비전 보드에 적힌 꿈이 구체적인 현실로 이루어진다. 나는 비전 보드를 통해 보험과 분리되는 그날을 맞이할 준비를 하고 있다.

내가 좋아하는 시 중에 김연대 시인의 〈상인 일기〉가 있다.

하늘에 해가 없는 날이라 해도
나의 점포는 문이 열려 있어야 한다.

하늘에 별이 없는 날이라 해도

나의 장부엔 매상이 있어야 한다.

메뚜기 이마에 앉아서라도 전塵은 펴야 한다.

강물이라도 잡히고 달빛이라도 베어 팔아야 한다.

일이 없으면 별이라도 세고 구구단이라도 외워야 한다.

손톱 끝에 자라나는 황금의 톱날을

무료히 썰어 내고 앉았다면 옷을 벗어야 한다.

옷을 벗고 힘이라도 팔아야 한다.

힘을 팔지 못하면 혼魂이라도 팔아야 한다.

상인은 오직 팔아야만 하는 사람

팔아서 세상을 유익하게 해야 하는 사람

그러지 못하면 가게 문에다

묘지라고 써 붙여야 한다.

내가 그렇게 살았던 것 같다. 힘들고 어려워도, 죽을 것처럼 낙심
하다가도, 피할 길을 찾고, 궁리하고, 다시 일어났다.

하지만 너무 지치고 힘들어서 때로는 기댈 곳이 필요하기도 했
다. 내가 다시 살아갈 힘을 주는 안식처……. 나는 하나님에게서 안

식처를 찾았다.

가족, 종교, 다른 사람……. 나의 경험으로 볼 때, 누구라도 좋으니 자신에게 안식처가 될 대상을 갖는 것이 좋다.

꿈이 현실이 되다

"생생하게 꿈꾸고 글로 적으면 현실이 된다."

— 이지성의 《꿈꾸는 다락방》 중에서

불면증으로 힘들어할 때 친구가 되어 주었던 책의 한 구절이다.

2007년도 5월이었다. 봄만 되면 싱숭생숭해지는 마음을 달래기 위해 사무실 인근에 있는 일영허브랜드에 놀러갔다. 몸과 마음이 지쳐 있던 시기, 계속 허브랜드가 떠오르며 그곳에서 일을 하고 싶다는 생각이 가시지 않았다. 자꾸 생각하다 보니 나중에는 내가 그곳에 간 게 아니라 그 장소가 나를 끌어당긴 게 아닌가 하는 느낌이 들 정도였다.

영업은 고된 감정 노동이다.

월초에 팔면 한 달이 기쁘지만, 월말에 팔면 하루만 기쁘다.

영업인들에게는 과거도 없고, 미래도 없고, 오직 현재만 존재한다. 함께 일하는 관리자들이 기억상실증을 앓고 있기 때문이다. 지난달에 많은 성과를 냈어도 새로운 달이 되면 새로운 성과를 요구한다.

이러한 이유 때문인지 영업인들은 대인관계에 대한 불안과 두려움이 항상 존재하며, 만약 고객에게 거절을 당하면 어떻게 하나 하는 생각에 끊임없이 스트레스를 받는다. 나도 마찬가지였다.

돌파구가 필요했고 간절함이 발동한 나는 다시 허브랜드를 찾아가 책에서 말한 대로 실천해 보기로 했다.

마치 내가 그곳의 주인인 것처럼 사진을 찍었다. 그날 처음 비전 보드를 만들었다. '2012년 9월에 나는 허브랜드를 인수했다.'라고 완성문을 써서 비전 보드에 붙였다. 책에 의하면, 이룬 것처럼 써야 효과가 있다고 했다.

비전 보드를 하나씩 둘씩 채워 가자 마음속의 꿈들이 형형색색 제 모습을 드러내기 시작했다. 그중에는 어린 시절 선생님이 되고 싶었던 꿈도 있고, 사내에서 하는 사례 발표 이상의 강의를 하고 싶다는 꿈도 있었다. 비전 보드에는 '세계 최고의 명강사가 되겠다.'라고 써 놓았다.

비전 보드가 있다고 해서 갑자기 일상이 달라지는 건 아니었다.

마감일은 꼬박꼬박 돌아왔고, 압박감도 여전했다. 하지만 항상 눈으로 볼 수 있도록 비전 보드를 안방에도 붙여 놓고 사무실 책상 앞에도 붙여 놓았다.

1년쯤 지났을까.

놀랍게도 비전 보드에 적혀 있던 내용의 절반이 실현되어 있었다. 나는 점점 비전 보드와 친해졌다.

2012년 9월초, 비전 보드가 또다시 나에게 말을 걸어 왔다.

"나는 2012년 9월 허브랜드를 인수했다."

1년에 두 번 정도, 잘 있나 둘러보려고 허브랜드에 갔었지만 대표를 만난 적은 없었다. '9월까지 인수한다고 했는데 이러고 있으면 어쩌나……' 마음이 급해진 나는 '말이라도 붙여봐야겠다'라고 마음먹고 용기를 내어 전화를 걸었다.

9월 24일, 뜻밖에 대표와의 약속이 잡혔다.

대표를 만나기로 한 날, 나는 5년 동안 비전 보드에 붙여 놓았던, 빛 바랜 허브랜드 사진을 보여 주었다. 대표는 옛날 전단지라며 놀라워했다.

나는 내가 누구이며 어떤 일을 하는 사람인지 소개하고, "이곳에 강의실을 지어 주세요" 하고 부탁했다. 그리고는 '사람들과 공부하

마치 내가 그곳의 주인인 것처럼 사진을 찍고, '2012년 9월에 나는 허브랜드를 인수했다.'라고 완성문을 써서 비전 보드에 붙였다.

고, 차를 마시고, 이곳을 즐기고 싶다.'라는 내 생각을 분명하게 전달했다.

'많은 설계사들이 그곳을 찾으면 일차적으로는 매출이 오를 것이고, 다녀간 사람들이 자연스럽게 주변 분들에게 홍보를 할 것이다.'라는 긍정적인 효과도 설명했다.

마침 여성들의 힐링 센터를 구상하고 있던 허브랜드 대표는 흔쾌히 동의를 했고, 10월 4일 계약서를 썼다. 그해 말 허브랜드 안에는 강의실과 힐링 센터가 건립되었다. 2012년 11월 22일 첫 수업을 시작으로, 지금까지 허브랜드 강의실을 다녀간 사람만 1,200명이 넘는 것으로 추산된다.

'힐링캠퍼스'는 허브식물원 내에 위치한 강의장이다.

허브향이 가득한 식물원을 가로질러 가면 아담하고 운치 있는 강의실이 보인다.

강의장 외에도 5천여 평 규모의 수목원과 식물원을 거닐 수 있고, 족욕과 좌욕, 사우나, 황토방 등 건강에 도움이 되는 시설을 즐길 수 있다.

몸과 마음이 지쳐 있는 사람들이 찾아와 마음을 다잡고 돌아갈 때면 보람을 느낀다. 최근에는 일반 회사에서도 팀워크샵을 목적으로 '힐링캠퍼스'를 많이 찾는다.

드디어 꿈이 현실이 된 것이다. 꿈으로 시작된 최초의 수목원 강의장이 실현된 것이다.

20세기에 가장 성공한 여성으로 손꼽히는 에스티 로더는 처절한 가난을 딛고 성공한 대표적인 인물이다.《꿈꾸는 다락방》이라는 책에 에스티 로더의 일화가 나온다.

"성공을 시각화하면, 그 이미지는 반드시 현실이 된다."

이 놀라운 원리는 위대한 성공을 거둔 사람이라면 모두 알고 있고 실천하고 있는 것이다. 사업계, 투자계, 운동계를 비롯한 가계 정상에 올라 있는 사람들은 대부분 이 방법을 실천하고 있다.

20세기에 가장 성공한 여성 중의 한 명인 에스테 로디의 이야기를 소개한다.

젊은 시절 에스테 로더는 부자 동네 미용실에 들렀다가 어느 마나님에게 모욕을 당했다.

"어머나, 블라우스 좀 봐. 너무너무 예쁘고 우아해요! 도대체 이걸 어디서 사신 거예요?"

"자네가 알아서 뭐하게? 어차피 자네 같은 가난뱅이는 평생 손도 대지 못할 텐데."

핀잔을 들은 에스터 로더는 대꾸도 못하고 울면서 미용실을 뛰쳐나왔고 집으로 돌아오는 내내 '앞으로는 그 누구도 나에게 가난하다는 말을 하게 만들 거야. 원하는 것은 무엇이든 가질 수 있는 사람이 될 거야.'라고 맹세했다고 한다.

(중략)

세월이 흘러 결국 그녀는 성공한 사람들을 철저하게 연구했고, 마침내 성공을 불러들이는 내면의 힘을 얻는 방법을 터득했다.

그녀의 자서전에서 성공을 끌어들이는 에너지를 갖는 방법에 대해 이렇게 밝혔다.

"당신의 꿈을 시각화하라. 만일 당신이 마음의 눈으로 이미 성공한 회사, 이미 성사된 거래, 이미 달성된 이윤 등을 볼 수 있다면, 실제로 그런 일이 일어날 가능성이 높아진다. 이미 성공한 모습을 마음속으로 생생하게 그리는 습관은 목표를 달성하는 가장 강력한 수단이다."

— 이지성의 《꿈꾸는 다락방》 중에서

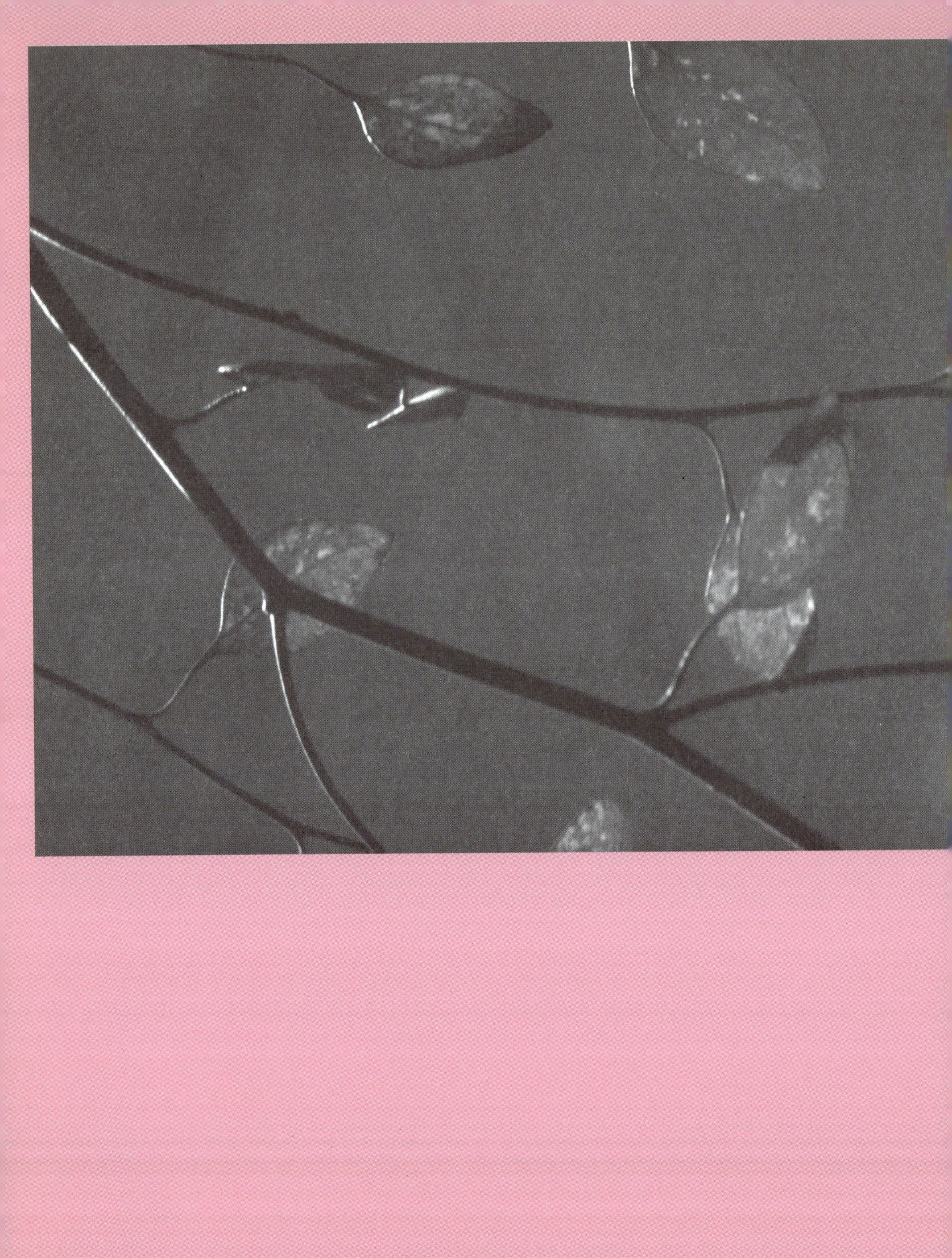

Part 2

아픔을 품어 아름다운
진주조개

내일이 없는 삶

예전에는 여상을 졸업하면 대부분 은행에 취직했다. 하지만 난 은행 일이 싫었다. 딱딱하고 획일적인 일은 나의 흥미를 끌지 못했다. 그래서 시작한 일이 지방 호텔 서울 예약실 근무였다. 뭔가 재미있는 일을 원했지만 상고 출신 여직원에게 주어지는 일은 단순 작업뿐이었다. 서류의 오타를 교정하여 타이핑하고, 장부를 정리하고, 매일 6시면 정확한 퇴근이 가능한 아주 단조로운 업무…….

어제와 오늘, 내일의 삶이 조금도 다를 바 없는 그렇고 그런 날들이 지나갔다.

엄마는 호텔에서 설거지를 하며 생활비를 벌었다. 모녀가 열심히 일했지만 형편은 좀처럼 나아지지 않았다. 월세 보증금도 2부 이자의 사채를 쓴 것이라 늘 돈에 쪼들렸다. 내 월급과 엄마 월급을 합쳐서 월세 내고, 사채 이자 내고, 생활비로 쓰고 나면 돈이 한푼도 남지 않았다. 저축을 하지 못하니 내일도 희망도 없었다.

햇빛도 들지 않는 반지하방. 초등학교 5학년 때 엄마와 함께 서울로 이사 와서 결혼할 때까지 나는 햇빛이 들지 않는 반지하에서 살았다. 여름에는 장판 밑을 걸레로 닦아 내야 할 정도로 눅눅했고, 벽에 생긴 곰팡이는 빙초산으로 닦아야만 지워졌다.

반지하에서 곰팡이 핀 벽을 보면서 탄식하던 시절, 판자로 가려 만든 임시 부엌에 연탄을 쌓아 놓았는데 한밤중에 장맛비가 들이쳐 와르르 무너져 버린 일도 있었다. 물에 젖은 연탄에 범벅이 된 가재도구를 치우며 그날 밤 엄마를 부둥켜안고 얼마나 울었는지 모른다.

천장에 쥐들이 하도 돌아다녀서 쥐약을 놓았더니 쥐가 죽어서 썩으면서 천장에 누렇게 물들었다. 금방이라도 쏟아져 내릴 것 같은 천장을 칼로 도려내어 썩은 쥐들을 들어내고, 구멍 난 천장에 밥풀을 짓이겨 벽지를 붙였다. 그러면 다시 쥐들이 와서 밥풀을 뜯어 먹곤 했다.

엄마와 나는 습한 반지하 방에서 밤 같은 낮을, 겨울 같은 여름을 한 해 한 해 보냈다. 미래는 깜깜하기만 했다.

〈에피소드 1〉 고기

나는 어려서부터 고기를 좋아했다. 엉엉 울다가도 고기를 준다고만 하면 눈물을 뚝 그쳤다. 형편이 좋아진 뒤로는 아침에도 종종 삼겹살을 구워 먹을 정도다.

고소하고 느끼한 고기 맛이 참 좋았지만 고기는 구경하기 힘든 음식이었다.

고 2때인가 고 3때인가. 엄마 친구 집에 방 한 칸을 월세로 얻어 부엌을 같이 썼다. 집 구조가 그렇다 보니 끼니때마다 늘 안채의 음식 냄새를 맡아야 했다. 그러던 어느 날, 안채에서 등갈비찜을 만들었다. 김치와 어우러지며 푹푹 익어 가는 고기의 구수한 냄새라니. 들통 가득한 등갈비찜을 보면서 한 접시 정도는 주지 않을까 기대를 했다. 침을 꼴깍꼴깍 삼키며 저녁 시간만을 고대했는데 아무리 기다려도 먹어 보라는 소리가 들리지 않았다. 신김치와 멸치조림만 오른 밥상이 그날따라 유난히 초라해 보였다. 속상해서 그랬을까, 그나마도 많이 먹지 못했다.

시간이 지나 밤 12시쯤 되었는데 속이 허전했다. 저녁에 봤던 등갈비찜이 떠올라 잠이 오지 않았다. 꾸르륵거리는 소리가 천둥처럼 뱃속을 돌아 나갈 때마다 정신이 점점 또렷해졌다.

'딱 한 점만 먹자!'

결국 유혹을 참지 못하고 살금살금 까치걸음으로 부엌에 가서 들통 뚜껑을 열었다. 엄마가 주무시고 계시니 방으로 들어갈 수는 없는 노릇. 그래서 들통 앞에 서서 고기 한 점을 집어 입에 쏙 넣었다. 적당히 식어 뼈가 살살 발라지며 윤기가 자르르 흐르는 등갈비. 나도 모르게 대여섯 점을 계속 집어먹었다. 어느 새 내 앞에는 뼈가 수북이 쌓였다.

당시 안채에는 나보다 나이가 세 살 많은 대학생 오빠가 살고 있었는데 마침 물을 마시러 부엌에 나왔다가 해괴한 모습으로 고기를 뜯고 있는 나를 보고 말았다. 고기 한 점 때문에 사춘기 소녀의 자존심이 무참히 짓밟힌 날이었다.

그 뒤 사회에 나와서 직장에 다닐 때의 일이다. 삼겹살집에 회식하러 갔는데, 나는 쌈도 싸지 않고 고기만 집어먹었다. 어려서부터 고기를 양껏 먹지 못한 한풀이였기도 했고, 위가 소화해 내는 양이 적어 채소를 먹으면 고기를 조금밖에 먹지 못하는 것이 싫기도 했다. 부서장님이 그런 나를 보고 "어우, 미스 장, 고기 먹을 줄 아네?" 하셨다.

그 말을 들으니 마치 내가 부유하게 자라서 고기만 먹고 살아 온 것 같은 기분이 들었다. 일종의 칭찬으로 들었던 것이다. 그 이후로 난 어딜 가서든 채소 없이 고기만 먹었다. 그로 인해 건강에 좋지 않은 습관이 든 것도 사실이긴 하지만 말이다.

내 생애 첫 번째 도전

엄마와의 생활은 무기력하게 이어졌다. 돈이 없으니 퇴근 후에도 여가를 즐기지 못했다. 영어 학원을 몇 번 등록하긴 했지만 목표가 없으니 흐지부지되었고, 우울감에 사로잡혀 지냈다.

어느 날, TV 프로그램에서 미국 이민자들의 생활을 방영하는 프로그램을 보게 되었다. 대기업 출신의 간부였던 분이 미국에 가서 세탁소 등 여러 가지 직업을 소화하며 정신없이 살고 있었다. 갑자기 머릿속에서 종이 울렸다. '그래, 나도 저렇게 직업을 하나 더 가지면 될걸 왜 삶에 대해 화만 내고 있었을까?'

그 즈음, 친구의 이모가 보험회사에 다니고 있었는데 주위 사람들에게 보험 설계사 시험만 보면 얼마간의 돈을 주겠다고 제안하고 있다는 걸 알게 되었다. 당시 내가 사무실에서 받던 월급이 23만 원이었는데 시험을 보면 5만 원을 받는단다. 안 할 이유가 없었다. 그런데 그 이모는 내가 직장인이라서 그랬는지 다른 사람들에게만 제안을 하고 있었다. 나는 직접 친구의 이모를 찾아가 시험을 보고 싶다고 자원했다.

같은 일을 몇 년씩 해도 월급이 오르지 않는 내 일에 비해 일한 만큼 받을 수 있는 영업직이 매력적으로 느껴졌다. 갑자기 안에서 훅 하고 뜨거운 것이 치밀어 올랐다. '이 일 한 번 해 보고 싶다!'

내 인생에 있어서 처음으로 열정이 솟구쳐 오른 순간이었다.

일을 하고 싶다는 욕망이 생기자 안달이 나기 시작했다. 당시 내 나이 25세. 목표가 생기자 당돌해진 나는 직장 근무가 끝난 저녁에라도 보험 일을 하겠다고 꼭 일을 시켜 달라고 졸랐다. 그렇게 인생을 개척하기 시작한 것이다. 성실하고 뚝심 있게 인생을 살아 나가는 장진희 식의 하루하루가 시작된 것이다.

전자제품 대리점, 슈퍼마켓, 세탁소 등을 다니며 열심히 보험 영업을 했다. 사무실에서 받는 월급보다 보험 일로 받는 돈이 더 많을 정도였다. 당시에는 자동이체가 보편화되지 않아 보험 설계사가 입금 날짜에 맞춰 일일이 고객들을 찾아다니며 돈을 받아야 했다. 직장에 다니느라 시간이 없었던 나는 점심을 굶고 그 시간에 수금을 하러 다녔다. 낮에 근무하는 직장은 을지로3가에 있었고, 보험회사 사무실은 신사동이었다. 퇴근 후에도 일을 계속해야 하는 날들이 늘어났다.

점심을 굶고 밤에도 일을 하던 나는 결국 보험 일을 시작한 지 1년 만에 출근길에서 쓰러지고 말았다. 구토할 것처럼 속이 울렁거리더니 눈에서 뭔가 하얀 것이 획 빠져나갔다. 저혈압 쇼크였다.

결국 보험 일을 중단했지만 짧게나마 열정을 다해 일하고 많은 돈을 벌어 본 경험은 짜릿했다. 나도 뭔가 할 수 있다는, 뭔가 이루어 낼 수 있다는 가능성을 맛보았던 것이다.

내가 존경하는 인물 중에 스티브 포셋Steve Fossett이 있다. 1944년에 태어난 그는 성공한 사업가이자 억만장자이다. 하지만 안락하고 안정된 삶을 택하지 않고 1985년에 영불해협을 22시간 동안 헤엄쳐 건넜고, 1992년에는 알래스카 횡단 개썰매 경주에 나섰다. 1996년에는 하와이에서 철인 3종 경기를 완주하기도 했다.

끊임없이 도전하는 그에게 누군가가 '왜 그렇게 힘든 일을 자초하는가?'라고 묻는다면 그는 아마도 이렇게 대답할 것이다.

자기 인생의 금맥을 캐내는 것 그것이 바로 도전입니다.

도전은 우리 삶에 건강한 맥박을 부여합니다.

도전은 우리 삶에 활기를 줍니다.

도전은 우리 삶에 윤기가 흐르게 합니다.

도전이야말로 우리 삶에 진정한 산소를 공급하기 때문입니다.

그래서 도전하는 삶은 젊습니다.

도전하는 삶은 푸릅니다.

도전하는 삶은 빛이 납니다.

그리고 도전은 개인의 삶을 변화시키는 것에 그치지 않습니다.

도전은 세상을 변화시킵니다.

— 모험가 스티브 포셋

결혼

연애에 대한 나의 기억은 좋지 않다. 늘 정에 굶주리고 사랑에 목말랐던 나는 남자에 대한 별다른 판단 기준 없이 나를 좋아하는 사람이라면 금방 마음을 주었다. 날 좋아해 주는 것만으로도 감사했고 그 보답으로 사랑의 감정이 싹텄던 듯하다. 오랜 시일이 지나서야 그것이 '자존감 부족'의 한 형태라는 것을 알게 되었다.

어느 날 호텔 주방에서 일하는 엄마 친구가 한 남자를 소개해 주었다.

P호텔 주방의 메인 요리사였다. 모 전문대 호텔조리학과를 졸업했고, 86년 아시안게임과 88서울올림픽 공식 행사에 외빈들의 요리를 담당할 정도의 실력을 인정받는 사람이라고 했다. 만나 보니 예의도 바르고 대화도 잘 통했다.

신앙심이 깊고 아들 넷인 집안의 셋째 아들, 게다가 내 엄마를 모시고 살 수 있다는 배려에 마음이 끌렸다. 그는 나를 보자마자 호감을 표시했고, 우리는 만난 지 두 달 만에 약혼을 하고 그로부터 한 달 뒤 결혼했다. 그때 내 나이가 26세였다.

신혼여행에서 돌아온 지 1주일이 지났을 때 남편이 진지하게 물었다.

"하나님과 나 둘 중에 누가 더 좋아?"

순간 어떻게 대답해야 할지 알 수가 없었다. 분명히 독실한 크리스천으로 알고 있었는데, 그런 말을 들으니 진심인 건지, 신앙심을 테스트하는 건지 종잡을 수가 없었다.

"그런 질문이 어디 있어요? 당신도 좋고, 하나님도 좋죠. 두 사랑의 색깔이 다른 거잖아요."

이 대답과 함께 달콤한 신혼은 끝이 났다.

남편은 '나는 광신자와 결혼했다.', '나는 사기 결혼을 당했다.'라며 밤마다 잠을 재우지 않았다. 한 말을 하고 또 하고, 묻고 또 묻고, 어떻게 대답을 하든 왜곡된 질문은 대화를 그릇된 방향으로 끌어갈 뿐이었다. 내가 도저히 못 살겠다며 지쳐서 울면 남편은 1주일간 싹싹 빌었다. 잘못을 하고 사과를 하고, 또 잘못한 뒤에는 어김없이 사과를 하고……. 남편의 반복적인 트집과 사과가 비정상인 줄 알면서도 그 생활에 익숙해져 갔다.

그런 와중에 첫째를 갖고 배가 불러올 무렵 남편이 또 트집을 잡았다.

"내가 번 돈으로 너 혼자 기도하고 구원 받으면 너만 천국 가는 거 아니야? 집에서 혼자 기도만 하고 있지 말고 너도 나가서 돈을 벌어.”

임신한 몸으로 도대체 어디 가서 돈을 벌어 오라는 건가. 처음엔 막막하고 서러웠지만 결혼 전 보험 영업을 했던 경험을 떠올려 임신 7개월 때 보험회사를 찾아갔다.

유경험자라 하더라도 교육부터 새롭게 시작해야 했다. 아이를 낳기 하루 전날까지 교육을 받았고, 예정일보다 일주일 빨리 첫아이를 출산했다.

아이가 태어나고 1개월이 지난 후부터 아이를 업고 출근을 했다. 아이가 울면 문 밖에서 아이를 어르면서 조회를 서곤 했다.

당시 동네에서 친하게 지내던 슈퍼마켓 아저씨와 정육점 아저씨는 내가 보험회사 명함을 내밀자 안색을 바꾸고 불친절하게 대했다. 심지어는 손님으로 찾아가도 대우를 해 주지 않았다. 내 돈을 쓰고도 고객으로 받아들여지지 않은 것이다. 몹시 서운하고 화도 나고 속상했다. 보험 계약을 하려면 사람을 만나야 하는데, 기존에 좋은 관계를 맺고 있던 사람들마저 관계가 틀어지니 인생에서 행복이 사라졌다. 개척을 해서 계약을 성사시키는 동료들이 늘어갔지만 나는 초조해하기만 할 뿐 적극적으로 나서지 못했다.

마침 둘째가 생기면서 결국 난 자의 반 타의 반으로 회사를 그만두고 말았다.

K사와의 인연의 시작

다시 보험 일을 시작한 건 둘째를 낳고 8개월 지났을 무렵이었다. 그때 비로소 K사와 인연을 맺게 되었다. 이번에는 하루 교육비 4,000원 때문에 시작한 일이었다. 남편이 오전에 아기를 봐 주는 동안 교육을 받고, 교육 받을 때 나눠 준 수세미와 행주 등을 차곡차곡 모았다.

K사는 전에 다녔던 회사에 비해 따뜻함이 느껴져서 좋았다. 나오고 들어갈 때마다 인사하면서 대접해 주니 나도 회사에 뭔가 도움이 되는 일이 하고 싶어졌다. 처음에는 돈 때문에 시작한 일이지만 웃으며 건네는 따뜻한 마음들이 나에게 힘을 주고 내 안의 에너지를 깨웠다.

첫아이를 업고 다니면서 서러운 기억뿐이었던 나에게는 K사에서 감동적인 순간이 많았다. 일이 잘되니 더 좋았다. 돈도 받고, 상도 받고, 왕관 쓰고, 선물 받고, 여행 보내 주고. 그 당시 나를 따뜻하게 감싸 주는 곳은 세상에서 단 한 군데, K사뿐이었다.

이제 말을 배우기 시작한 첫째와 돌이 갓 지난 둘째를 떼어 놓고 출근하는 것이 안쓰럽고 미안해서 한순간도 헛되게 쓸 수가 없었다. 나는 점점 더 보험에 적극적으로 매진했다.

오래 전, 우리 지점에 현장 사원 격려 차원에서 회장님이 방문하신 적이 있다. 사원들과 일일이 악수를 나누시던 회장님은 나를 보고 "이곳이 우리 장진희 씨가 근무하는 곳이구나." 하시며 유독 반가워하셨다. 그때 '우리 장진희 씨'라고 부르던 회장님의 목소리가 아직도 생생한데, 2015년 3월로 K사에서 근무한 지 만 20년이 되었다.

첫번째 이혼

큰아이를 가져 만삭이었을 때 뱃속 아이까지 위험해질까 봐 기도원으로 몸을 피한 적이 있다. 그때의 설교 중에서 '하나님은 견딜 수 있을 만큼의 고통만 주신다.'라는 말이 마음에 와 닿았다.

내가 더 신경 쓰면 남편이 달라질 것 같았다.

'그래, 내가 더 노력하자.'

그날부터 남편을 행복하게 해 주는 것이 인생의 목표가 되었다.

남편은 호텔 요리사 출신답게 유난히 빵 굽는 냄새를 좋아했다. 주방 가득 빵이 익는 고소한 냄새가 퍼질 때 남편의 얼굴에는 행복한 미소가 번졌다. 그래서 남편을 위해 카이젤 제빵기를 구입했다. 남편이 웃으면 온 집안이 화목하기에 아침이면 집 안에 빵 냄새가

풍기도록 노력했다.

하지만 현실은 바람처럼 되지 않았다. 남편은 다니던 직장을 제대로 유지하지 못했다. 남편이 집에 있는 시간이 늘어나면서 나는 더욱 힘들어졌다.

결혼한 지 4년째 되었을 때 새로운 직업을 찾던 남편에게 자그마한 독서실을 인수해 주었다. 보험 설계사로 일하면서 꼬박꼬박 저축해 두었던 4,500만 원을 털어 마련한 것이었다. 자본이 적은 탓에 낡고 허름했지만 그 정도는 남편도 이해할 거라고 생각했다. 또 남편의 성향이 정적이고 책을 좋아하는 편이었기에 잘 맞을 거라고도 생각했다. 하지만 시간이 지나면서 남편의 불평이 다시 시작되었다.

그러던 어느 날 밤, 독서실 총무가 에어컨 퓨즈가 나갔으니 와 달라며 집으로 전화를 했다. 그때 남편의 반응이 너무 놀라웠다. "네가 하나님한테 기도를 하는데 왜 퓨즈가 나가냐?"는 것이었다. 그 뒤로 말도 안 되는 트집 잡기가 갈수록 거세졌다.

상식을 깨는 남편의 분노는 나의 심장을 옥죄었고, 일촉즉발의 긴장감은 온몸의 근육을 긴장시켜 '섬유근통'이라는 지병을 만들었다. 그 고통은 지금도 계속되고 있다.

결국 결혼 5년째에 접어들면서 나는 자제력을 잃고 말았다. 기도를 하고 또 해도 남편은 화가 나면 이혼하자는 말을 되풀이했고, 갈등은 깊어지기만 했다. 그 어떤 노력도 소용없었다.

“그래, 이혼하자. 해! 난 더 이상 아무것도 못하겠다. 하나님, 맘대로 하세요. 대체 저더러 어디까지 하라는 말씀이신가요. 더는 못하겠습니다.”

밤에 아이들이 잠들고 나면 집을 나와 콜택시를 타고 여기저기 돌아다니며 미칠 것 같은 마음을 달랬다. 알뜰살뜰 가정을 일구고 지키려 했던 노력만큼 나는 더 심하게 흐트러졌다.

한 남자와 두 번의 이혼

가정법원에서 이혼 허가를 받은 나는 그날로 동사무소에 서류를 제출하고 ‘돌싱녀’가 됐다. 그런데 이혼 후에 남편의 태도가 싹 달라졌다.

엄마에게 냉담했던 사람이 엄마 옆에 찰싹 붙어서 “어머니, 잘못했습니다. 다시 잘살아 보겠습니다.” 하며 무릎까지 꿇고 용서를 빌었다.

엄마는 마음이 약해져서 나를 설득했다.

“애들도 있는데 애들 아빠를 계속 저렇게 둘 거니?”

"술도 끊는다고 하지 않니……. 네가 한 번만 봐 줘라."

엄마의 설득으로 보름 만에 재결합을 하고 말았다. 혼인신고 없이 그냥 살 수도 있었을 텐데 그땐 왜 그리 속이 없었는지…….

아빠 없이 자랄 아이들이 걱정되기도 했지만, 더 깊은 곳엔 엄마의 삶을 답습하지 말아야겠다는 의지도 있었다.

재결합 후 엄마와 함께 살게 되었지만 남편은 변하지 않았다. 끝없는 트집과 집착으로 결혼 생활은 지옥 같았다. 10여 년을 그렇게 살다 보니 몸과 마음이 지쳐 갔다. 낮에는 밖에서 생기 넘치는 모습으로 보험을 판매했지만, 저녁에 집에 들어오면 생기가 사라졌다.

잠도 편히 잘 수 없었다. 화 난 남편의 이야기를 밤새도록 듣다 보면 남편의 말이 다 옳게 들릴 정도로 판단력도 흐려지기 시작했다. 심리 상담을 공부하던 친구는 그 당시 내 모습이 시체에 가까웠다고 했다. 그 모습을 안타까워하던 친구는 나에게 위기 상담 전문가를 소개해 주었다. 내 이야기를 다 들은 전문가가 말했다.

"지금까지는 장진희 씨가 잘 참아 왔기 때문에 가정이 유지될 수 있었습니다. 하지만 이제 장진희 씨가 참지 않으면 폭력이 나타날 겁니다. 장진희 씨의 생명이 위험할 수도 있어요. 이런 상태를 '죽은 결혼'이라고 합니다. 아이들에게 위험한 상황이 닥칠 수도 있습니다."

아이들이 위험할 수도 있다는 말에 정신이 번쩍 들었다. 그 자리에서 이혼을 결심한 뒤 남편에게 이혼을 요구했다.

그러자 우려했던 폭력이 시작됐다. 남편을 말리는 사람은 누구라도 다쳤다. 큰아들은 아빠가 돌변하면 무조건 경찰서로 도망갔고, 달리기가 빠르지 않은 둘째아들은 아파트 2층에 숨었다. 매주 한 번씩 앰뷸런스가 동원됐다.

그렇게 지옥 같은 시간이 또 2년이 흘렀다. 때마침 보험회사 사무실에서 좋지 않은 일까지 겹쳤다. 더 이상 결혼 생활을 유지할 힘도, 의지도 남아 있지 않았다. 남편에게 존속상해는 강제 이혼 사유가 되니 결정하라고 했다. 결국 협의이혼에 동의한 남편에게 위자료를 주기 위해 4,500만 원 대출을 받았다.

2003년 9월 3일, 나는 두 번째 이혼을 했고, 그 뒤로 그의 소식을 듣지 않고 있다.

"결혼이라는 것은 한 남자와 한 여자가 만나서
정서적으로 심리적으로 사회적으로 법적으로 경제적으로
성적으로 결합하는 것이다."
― 강학중의 《나는 누구랑 결혼하지?》 중에서

결혼을 '인륜지대사人倫之大事'라고 한다. 그만큼 인생에서 큰 의미를 지닌다. 하지만 그때는 결혼의 의미가 무엇인지, 결혼을 통해서 내가 얻으려고 하는 게 무엇인지, 부부가 된다는 것은 또 어떤 의미이고, 부모 역할을 어떻게 하는 것인지 알지 못했다.

외로운 나에게 호감을 보이는 그가 고마웠고, 엄마를 모시겠다는 그가 믿음직스러웠다. 엄마와 단둘이서만 살아온 나는 성인 남성에 대한 롤 모델이 없었고, 더더구나 좋은 배우자감에 대해서는 알지 못했다.

상처가 많은 사람끼리 만났기에 결혼 생활도 상처투성이가 된 게 아닐까 하는 생각도 든다. 둘 다 인정받고 싶어 하는 욕구가 강했고, 사랑과 관심을 주기보다는 받고 싶은 마음이 앞섰다. 내가 아닌 다른 여자와 결혼했더라면 남편도 조금은 다른 결혼 생활을 하지 않았을까 하는 생각도 해 본다. 결혼 전에는 분명히 능력이 뛰어났던 그 남자. 내가 그토록 꿈꾸었던 단란한 가정을 이루지 못한 것이 늘 아쉬움으로 남아 있다.

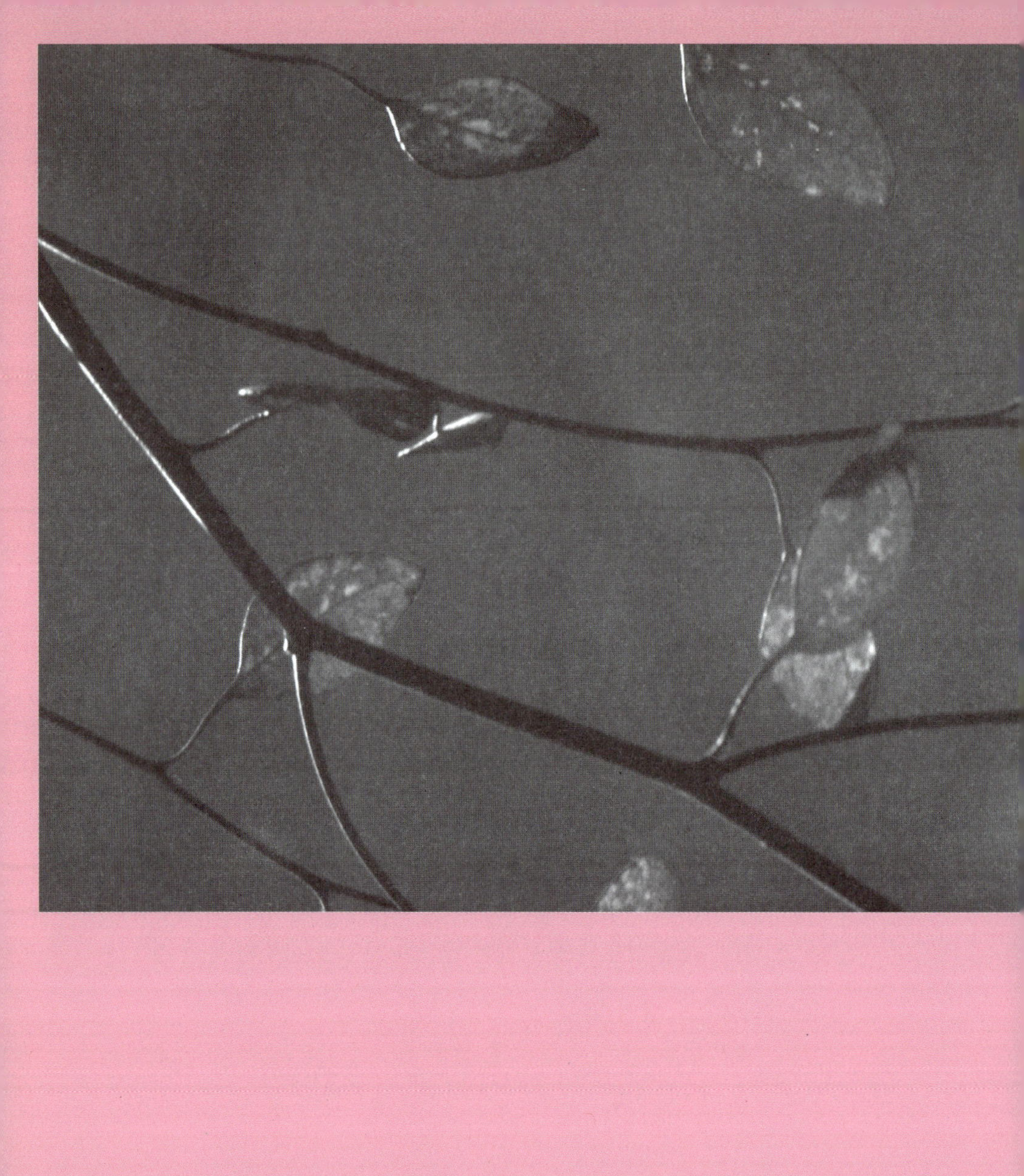

Part 3

연어도 치어일 때는
세상이 무섭다

아버지와 어머니

아버지와 어머니는 전라북도 고산에 있는 한 마을에서 자란 소 꿉친구다. 외가는 외할아버지가 돌아가신 후 가세가 기울어 강원도로 이사를 갔다고 한다. 두 분이 서로 떨어져서 애달파 했는지는 잘 모르겠다. 아무튼 엄마 나이 26세쯤 되었을 때 갑자기 아버지가 강원도로 엄마를 찾아오셨다고 했다. 엄마 짐작으로는, 그 즈음 아버지에게 좋지 않은 일이 생겨, 울적하고 힘든 차에 옛 친구를 찾아 강원도까지 오시게 된 것이 아닌가 한다.

아버지와 어머니는 혼인신고도 없이 결혼 생활을 시작하셨다. 그 시절 26세면 혼기가 차고도 남는 나이였을 테니 자연스럽게 그리 되었으리라 짐작한다. 두 분은 결혼식도 없이 그렇게 나를 낳고 살기 시작했다.

내 생일은 추석 전날이다.

임신 기간 내내 몸이 허약했던 어머니는 내가 잘못될까 봐 늘 불안해 하셨다고 한다. 출산을 앞둔 엄마를 혼자 두고 명절을 지내러 가 버린 아버지를 보면, 어머니는 아버지의 보살핌을 제대로 받지 못하신 것 같다. 어머니는 지금도 가끔 그 이야기를 하면서 섭섭해 하신다.

엄마의 불안과 외로운 감정을 그대로 끌어안고 내가 엄마 몸에서 나왔다. 내가 엄마에게서 나오는 과정도 순탄치 않았는지, 산모가 죽을 뻔해서 외할머니가 엄마를 돌보느라 나는 태어나자마자 1시간 동안 방치되었다고 한다.

어린 시절

아버지가 직장생활을 서울에서 하신 덕분에 엄마와 나는 아버지를 따라 서울로 이사했다. 그때 내 나이 서너 살, 아마 녹번동 영천시장 부근인 것으로 기억한다. 아버지는 법원의 서기 일을 보셨다. 직업으로 봐서 아버지는 머리가 뛰어나고 공부도 어지간히 하셨던 분인 것 같다.

엄마는 나의 출생신고 때문에 몇 차례 아버지에게 혼인신고를 하자고 요청했다고 했다. 하지만 아버지는 차일피일 혼인신고를 미루더니 결국 내가 다섯 살 되던 해 이상형의 여자를 만나 집을 나가 버렸다.

아버지의 여자는 키 크고 날씬한 다방 마담이었다. 6개월 뒤 돈이 떨어지자 아버지와 그 여자가 함께 우리 집으로 들어왔다. 두 사람 방 앞에 엄마가 밥상을 갖다 놓으면 그 여자가 가지고 들어갔다가 식사가 끝나면 다시 방문 밖에 내 놓았다. 한쪽 방에서는 아버지와 그 여자가, 다른 방에서는 어머니와 내가 생활하는 기묘한 동거가 6개월가량 지속됐다. 엄마가 외출하고 안 계시면 아빠와 함께 방을 쓰는 여자가 나와서 아빠라고 부르지 말라며 나를 쥐어박았던 기억이 난다.

그러던 어느 날, 엄마는 짐을 싸서 날 데리고 고산 시댁으로 들어가셨다. 아버지는 9형제 중 넷째로, 셋째 삼촌과 쌍둥이였다. 자식이 많다 보니 할아버지와 할머니는 조강지처를 돌보지 않는 자식을 훈계할 여력이 없었고, 어머니와 나는 관심도 못 받고 방치된 채 지냈다. 시댁에서 농사일을 거들던 엄마는 미래가 보이지 않는 생활에 답답함을 느꼈는지 날 데리고 이모가 있는 전라도 동봉으로 갔다. 이모 집에 나를 맡기고 서울로 일하러 가기 위해서였다. 그때부터 호텔 청소부와 임시직을 전전하는 엄마의 고된 생활이 시작됐다. 나는 초등학교 5학년이 될 때까지 엄마와 떨어져 이모 집에서 살았다.

이모는 참 좋은 분이었다. 내 기를 살려 주려고 학교에 고구마도 한 포대씩 가져다주셨다. 이모가 주신 고구마를 썰어서 교실 난로

위에 얹어 구워서 반 친구들과 함께 먹었던 기억이 난다. 이모의 등에는 신기하게도 젖꼭지만 한 사이즈의 사마귀가 있었는데, 이모가 등을 돌리고 자면 그 사마귀를 젖꼭지처럼 빨고 잤던 기억이 난다. 하지만 이모는 말투가 다정다감하지 않으셨다. "진희야, 밥 먹어." 하고 부르면 꼭 화를 내시는 것 같아 나도 모르게 주눅이 들어 이모의 눈치를 봤다.

통신수단도 없던 그때는 이모 집의 진흙 돌담 앞에 쪼그리고 앉아서 동구 밖을 쳐다보며 엄마와 아빠를 기다리는 게 일상이었다. 아빠는 끝내 오지 않았고, 엄마는 일 년에 두 번 정도 오셨다. 당시 누가 스트레스를 주는 것도 아닌데 아토피가 있었던 기억이 난다. 팔다리가 심하게 가려웠고, 긁어서 진물이 나면 타이즈를 벗을 때 상처가 같이 뜯겨져 피가 줄줄 났다. 이모가 나를 낫게 해 주려고 전주 덕진공원에 가서 단옷날 물도 맞게 했던 기억이 난다. 어린 나이에 엄마도 없이 혼자 친척집에서 몸과 마음을 다스리기가 얼마나 힘들었으면 그랬을까 싶다.

〈에피소드 2〉 외할머니

이모와 한 집에 사시던 외할머니는 늘 엄마가 보고 싶다고 우는 나를 업어 주셨고 나는 할머니 등에서 잠들곤 했다.

마음을 못 잡고 울기만 하는 나에게 내려진 이모의 처방은 사촌 언니와 오빠를 따라 학교에 다녀 보라는 것이었다. 언니 오빠의 뒤를 따라 10리 길을 걸어서 학교에 간 첫날, 교실에서 바지에다 오줌을 싼 기억이 있다.

아마 여섯 살 즈음이었을 텐데, 겨울이라 참 추웠다. 학교가 너무 추운데 수업 중이라서 선생님한테 화장실이 어디냐고 여쭤볼 수가 없었다. 그래서 결국 교실 안에서 실례를 하고 말았다. 그날 무척 창피하고 슬프고 무서웠던 기억이 남아 있다. 어쨌든 그것이 내 초등학교 생활의 시작이었다. 입학식도 없이 그냥 2학년으로 월반했다. 당황스럽고 낯설고 무섭기만 하던 교실도 어느 정도 적응이 되자 다닐 만했다. 수업도 잘 따라가고 혼자 한글도 깨치고 구구단도 외웠다.

하지만 정식 절차를 밟지 않아서인지 제대로 된 친구가 한 명도 없었다.

초등학교 시절에는 놀다가 다투면 머리채를 잡고들 많이 싸웠다. 시골 친구들 중 몇몇이 억세고 욕을 잘했는데 나는 지금도 욕이 참 무섭다. 친구들은(나는 66년생이지만 동기들은 64년생, 65년 생들이다) 욕을 하면서 소싸움 하듯이 머리채를 휘어잡고 나한테 싸움을 걸었다. 상대가 머리를 잡으니까 나도 상대의 머리를 잡았다. 하지만 항상 내가 졌다. 나이도 어리고 몸집도 작으니 당연했다. 울면서 집에 돌아가면 외할머니는 내 역성을 들어주셨고,

가마솥에서 갓 긁어 낸 바삭바삭한 누룽지에 설탕을 솔솔 뿌려 가져다 주시며 나를 달래셨다.

지금도 가끔 외할머니가 보고 싶다.

선물 같은 엄마의 방문

엄마는 일년에 두 번 정도 이모 집에 내려오셨다. 오실 때마다 산골에서는 맛보기 힘든 딸기우유나 요플레 같은 것들을 한보따리 싸 가지고 오셨다. 엄마가 오면 보기에도 황홀한 선물이 따라온다는 생각에 날마다 엄마를 기다렸다.

엄마가 오시는 날처럼 기쁜 날은 세상에 없었다. 엄마는 내게 선물이었고, 선물이 곧 엄마였다. 엄마가 온 날은 세상을 다 가진 것처럼 가슴이 벅차오르고 하늘을 붕 나는 것 같았다. 엄마가 온다는 것은 내 기다림이 잠시 멈춘다는 신호이고, 사랑과 보호, 안심, 든든함을 느낄 수 있는 시간이 온다는 신호이기도 했다. 바다에서 늘 혼자 판자 쪼가리만 붙잡고 있다가 대형 선박이 찾아온 것 같은 그런 느낌이었던 것 같다.

게리 채프먼Gary Chapman은 《사랑의 다섯 가지 언어》라는 책에서 '사랑의 언어'에 관해 다음과 같이 말하고 있다.

사람에게는 5가지의 사랑의 언어가 있다.

1. 인정하는 말

2. 함께하는 시간

3. 선물

4. 봉사

5. 스킨쉽

― 게리 채프먼의 《사랑의 다섯 가지 언어》 중에서

선물과 함께 오는 엄마 덕분에 내 사랑의 언어는 선물이 되었다.

선물은 나에게 사랑이다. 그래서 나는 선물을 받으면 엄청 행복해진다.

나는 고객에게 특별한 선물로 마음을 전한다. 어려운 일을 겪은 고객에게는 원기 회복을 위한 영양제와 함께 위로와 진심이 담긴 자필 편지를 보낸다.

더위로 유난히 고생하던 고객에게는 쾌적한 숙면을 취하시라고 삼베 이불을 선물하기도 한다.

선물을 준비할 때는 온전히 그 사람만 생각하고 시간을 내어 정성껏 준비한다. 나에게 선물은 곧 사랑이다.

11세에 출생신고를 하다

막장 드라마의 여주인공들의 공통점이 2가지 있다.

첫 번째, 예쁘다.

두 번째, 출생의 비밀을 가지고 있다.

나 또한 막장 드라마의 여주인공처럼 출생의 비밀을 가지고 있다.

꿈에 그리던 엄마 옆으로 가게 되었을 때 호적 문제에 부딪혔다. 입학 절차 없이 5학년이 될 때까지 호적 없이 학교에 다니고 있었던 것이었다. 결국 11세 때 엄마의 사생아로 호적을 얻을 수 있었다. 그때는 어려서 그게 이상한 일인지 알지 못했다.

중학교에 진학한 뒤 한 친구가 생활기록부를 보고 "너 이상해." 하고 지적한 뒤에야 호적이 남들과 다르다는 걸 알았다. 이 특별한 호적은 내 인생에서 가시 노릇을 톡톡히 했다.

시간이 지나도 나를 아프게 하는 건, 열한 살 이전에 죽었다면 나는 이 땅에 왔다 간 흔적조차 없었을 것이라는 생각이다. 이 출생의 비밀 때문에 심하게 사춘기를 앓았다.

마음이 아프니 몸이 운다

경제적인 사정으로 여상으로 진학하면서 중학교 친구들과는 자연스럽게 멀어졌다. 지나고 보니, 중학교 때만큼 친구들과 잘 어울려 지냈던 적이 없는 것 같다.

친구들 집은 우리 집에 비해 윤택했지만 날마다 우리 집에 와서 함께 놀았다. 학교가 끝나면 친구들과 함께 엄마가 일 나가고 없는 빈집으로 몰려가 떡볶이를 만들어 먹으며 놀았다. 하지만 친구들이 모두 인문계 고등학교에 진학하고 나 혼자 여자 상업 고등학교로 가면서 심한 절망감을 느꼈다. 궁핍하고 외로운 진짜 내 모습을 정면으로 마주하게 된 것이었다.

고등학교 시절 내내 몸이 아팠다. 엄마의 잘못도 아닌데 엄마에게 복수하고 싶었고, 현실의 문제를 모두 엄마의 탓으로 돌리며 엄마에게 짐을 지웠던 것이다. 인문계 고등학교에 가겠다고 주장하지도 않고 순순히 여상에 진학해 놓고서 그렇게 투정을 부렸다. 학교 선생님이 되고 싶었는데 여상 진학이라니. 주산, 부기, 타자……. 여상에서 공부하는 과목들이 모두 무의미하게 느껴졌다.

우울했다. 항상 목에 뭔가가 걸려 있는 것 같아서 위내시경을 하기도 했다. 그때부터 시작된 통증이 지금까지 이어진다. 하루도 몸이 아프지 않은 날이 없다. 어깨가 아프지 않으면 다리가 아프고, 다리가 괜찮으면 위장이 아프고, 위장이 편안하면 소변이 시원하게 나오질 않고, 두통이 오고. 매일 아팠다. 매일 약을 먹었다.

나는 고등학교 3년 내내 화가 나 있었고, 친구를 단 한 명도 사귀지 않았다. 뿐만 아니라 2학년 때는 건강상의 문제로 한 달 동안 휴학까지 했다. 기침이 끊이질 않았고 몸이 회복되질 않았다. 그 당시에는 아픈 것만이 엄마에게 복수하는 길이라고 생각했다. 계속 엄마의 마음을 괴롭히고 신경 쓰이게 하면서 사춘기 열병을 풀고 있었다.

엄마와 아빠를 이해할 수 없었고, 내 존재가 하찮게 느껴졌고, 주위의 모든 환경이 하나같이 맘에 들지 않았다. 내 의지나 노력으로 바꿔 볼 생각은 못하고, 주어진 것에 대해 한탄만 하고 있었다. 보통은 친구를 사귀며 마음을 풀 텐데, 친구를 사귀지 않으니 혼자 속으로만 끙끙 앓아야 했다.

그리고 졸업 후에 얻게 된 취직자리.

뜨겁던 사춘기도 지나가고, 현실을 바꿀 방법이 별로 없다는 걸 알게 되면서 어제와 별로 다르지 않은 오늘을 '살아 냈다'. 획일적인 일이 싫어 은행을 마다했지만 내가 취직한 지방 호텔 서울사무소 일도 그다지 활력 있는 일은 아니었다. 다양한 사람을 만날 기회도 별로 없었고, 해가 바뀌었다고 해서 월급이나 직급이 오르는 일도 아니었다. 기술을 터득하는 전문직도 아니었다.

뉴욕대학교 의과대학 교수이자 재활의학과 전문의인 존 사노 John E. Sarno 박사는 25년간 1만 여 명의 통증 환자를 치료한 임상 결과를 바탕으로 다음과 같은 의견을 제시한다.

TMS는(Tension Myositis Syndrome : 긴장성 근육통 증후군)은 억압된 감정이 몸을 통해 표출된 것이다. TMS 환자의 88%가 위궤양·대장염·긴장성두통·편두통 등 기타 질환을 앓고 있다.

통증의 역할이 숨겨진 감정을 표출하는 것이 아니라, 그 감정들이 의식 표면으로 떠오르지 못하도록 하는 것이라는 점을 제기한 사람은 정신분석학자인 스텐리 코원 박사였다. 즉, 통증은 자신의 주위를 간접 영역으로로부터 신체로 돌리려 하기 때문에 생긴다는 것이다.

― 존 사노 박사의《통증혁명》중에서

〈에피소드 3〉 금당 살인 사건

스무 번도 넘게 이사를 다니다가 처음으로 반지하가 아닌 반듯한 2층집에 산 적이 있다. 엄마의 직장 동료가 성산동에 전세를 얻으면서 그 집의 방 한 칸을 엄마와 내가 세 내어 쓰게 된 것이었다.

엄마 친구의 아들은 호텔 바에서 웨이터로 일했기 때문에 3교대로 밤에도 출근해야 하는 날이 많았다. 그래서 만삭인 그의 아내는 혼자 집에 있는 경우가 많았다. 당시 나는 고등학교 2학년이었고, 그 댁 며느리와 나이 차가 많이 나지 않아 친구처럼 지냈다. 그 언니 방에는 계단을 통해 올라가는 다락이 하나 있었는데, 우리는 그곳에 올라가서 언니의 처녀 시절 옷을 입어 보며 이야기를 나누곤 했다.

어느 날, 언니가 하는 말이, '밤에 남편이 출근한 뒤 자려고 누우면 밤 12시에 눈이 딱 떠지고 어떤 남자가 자기를 내려다보고 있다'는 것이었다. 조금 섬뜩했지만 언니가 임신 말기고 남편이 밤에 없으니 헛것을 봤나 보다 하고 대수롭지 않게 넘겼다. 그런데 이상한 것은 매일 그런 현상이 일어난다는 점이었다.

그러던 어느 날, 시골 외할머니가 보내 주신 쌀을 찾기 위해 엄마가 고속터미널에 다녀오신 날이었다. 택시에 쌀을 싣고 오는데 동네에 들어서자 택시 기사가 한마디 했다고 한다.

"이 동네가 유명한 동네예요. 얼마 전에 토막 살인 사건이 났었잖아요. 시체가 늦게 발견됐어요. 그날 온 동네에 시체 썩는 냄새가 가득해서 향불을 피워 놓기도 했어요."

깜짝 놀란 엄마가 "어머! 그래요? 어느 집인데요?" 하고 물었는데 기사가 가리킨 집이 바로 우리 집이었단다. 그 사건이 바로 우리나라 최초의 토막 살인 사건인 금당 살인 사건이었다.

시체가 훼손된 채 비료 포대에 담겨 있던 곳이 바로 다락이었다고 했다. 그 사건으로 집이 팔리지도, 세가 나가지도 않은 통에 엄마 친구가 싸게 전세를 얻게 된 것이었다. 그리고 그 다락이 있는 방은 임신한 며느리에게 준 거였다. 후덜덜.

엄마는 얼른 이사를 했고, 내게는 이사가 끝난 뒤에야 자초지종을 설명해 주셨다.

※ 금당 살인 사건 : 1979년 6월 서울 종로구 골동품상 '금당' 주인 부부와 운전기사를 납치 살해한 사건.

포기할 수 없는 아버지

출생신고를 해 주지도, 호적을 만들어 주지도 않았지만 어린 시절의 아버지는 다정했다. 아버지와 함께 찍은 사진들이 내 눈과 심장을 콕콕 찔렀다. 아버지가 조금만 손을 내밀어 주면 엄청난 힘과 응원을 받는 기분이 들 것 같았다.

중학교 2학년 때, 결국 그리움을 참지 못하고 아버지를 찾아 나섰다. 마담과 헤어진 아버지는 김제에서 살고 계셨다. 나중에 전해 들은 이야기로는, 아버지가 김제로 가시기 전 엄마를 찾아갔는데 엄마가 받아 주지 않았다고 했다.

김제에 정착해야 했던 아버지는 처음에 소작농으로 시작했다고 한다. 가진 게 아무것도 없으니 밤낮을 가리지 않고 개간까지 해 가며 열심히 일한 결과, 돈도 많이 벌었다고 늘었다. 아버지의 그런 근성과 승부욕을 내가 물려받아 보험업계에서 잘 생활해 온 것이 아닌가 생각된다. 젊은 남자가 성실하게 일해서 재산을 불리니 동네 사람들이 좋게 보고 중매를 해서 재혼하여 가정을 이룬 상태였다. 물어물어 찾아갔는데 아버지의 첫마디는 어처구니가 없었다.

"누구세요?"

아버지가 한 번에 나를 알아보실 줄 알았다. 꿈에도 그리워하던 딸이 찾아온 건데 아버지의 반응은 덤덤했다. 날 알아보지 못하는 아버지가 서운하고 야속하기 짝이 없었다. 어색한 만남 후 헤어지면서 아버지가 내게 존댓말로 인사를 했다.

"안녕히 가세요."

가슴이 아팠다. 아버지와 계속 연락하고 지낼 수 있기를 바랐다. 나에게도 사랑하는 아빠가 있다는 것을 자연스럽게 확인하고 싶었다. 하지만 그건 바람에 불과했다.

그 뒤로도 아버지는 내가 전화를 하면 머뭇거리고 말씀을 하지 않았다. 나중에 알고 보니, 같이 사는 분이 내 존재를 불편하게 여겨서 그랬다는 것이었다. 그래도 아버지에 대한 섭섭한 마음을 어찌할 바 몰라 나는 아버지를 이해해 보기 위해 별의별 생각을 다 해 보았다.

처음부터 아버지는 나와 엄마를 돌볼 수 있는 형편이 아니었다. 그럴 마음의 여유가 없었다는 표현이 더 맞을지 모르겠다.

엄마를 찾아오기 전 아버지는 자신이 병에 걸렸다는 걸 알았다. 난치성 피부 질환의 일종이었다고 한다. 어려서 외할머니가 한탄하시던 것도 기억이 난다.

"네 아버지가 복숭아뼈가 썩어서 그걸 낫게 하려고 별별 애를 다 썼다. 그놈이 우리 딸에게 그러면 안 되지."

아버지의 입장에서 보면 세상이 얼마나 원망스럽고 한탄스러웠을까 싶다. 자기 자신에 대한 연민과 이렇게 살 수밖에 없나 보다 하는 절망이 뒤섞여서 세상을 제대로 바라보기 힘들었을 것이다. 어머니에 대한 감정도 사랑이 아니었을 거라고 짐작한다. 그저 편한 옛 친구를 만나 몸과 마음을 의지하고 싶었으리라.

아버지를 한 남자로 보면 그렇게 이해가 간다. 하지만 그는 나에게 남자가 아닌 아버지가 아니던가. 한순간 이해가 되다가도 서운함과 원망이 뒤섞여 감정의 혼돈을 감당해야 했다. 무엇보다도 이해할 수 없었던 건 아버지가 끝까지 혼인신고를 하시지 않아 내 출생신고를 할 수 없었던 부분이다.

아버지 아버지 나의 아버지

보험 영업을 시작하고 어느 정도 수입이 생겨 생활이 안정된 뒤에도 두려움와 불안감은 여전했다. 심지어 계단을 내려갈 때 굴러 떨어지는 상상 때문에 발을 뗄 수가 없었다.

그 시절 상담 공부를 하던 친구가 힘들어 하는 나를 가끔씩 찾아와 불안한 감정을 치유해 주곤 했다. 하루는 친구와 상담을 하는데 갑자기 과거의 어느 한 장면이 섬광처럼 떠오르는 것이었다.

나이 18세, 우이동 문간방에서 엄마와 단둘이 살 때였다. 생활비로 하루 500원을 쓸 때라, 목욕탕도 마음껏 갈 수 없었다. 그 당시 살고 있던 문간방에 부엌이 없어서 임시방편으로 판자를 대어 만든 부엌을 사용하고 있었다. 겨울에는 무척 추워서 목욕이라도 할라치면 연탄 아궁이 뚜껑을 열어 놓고 그것도 모자라 석유난로를 켜고 물을 데워서 목욕을 해야 했다. 그날도 판자 부엌에서 목욕을 하다가 알몸으로 쓰러지는 사건이 발생했다. 목욕 도중 일산화탄소 중독 증상이 느껴져 동치미 국물을 먹어야겠다고 생각하고 몸을 움직이는 순간 정신을 잃고 만 것이다.

때마침 주인집 할아버지가 신음을 듣고 달려와 나를 이불로 둘둘 말아 근처 병원에 데려갔다.

그런데 친구와 상담 중에 갑자기 그날의 사건이 떠오르면서 하나님이 원망스러워지는 것이었다. 모든 게 너무 억울하게 느껴졌다. 그래서 갑자기 엉엉 울면서 따지고 잡아먹을 듯이 악다구니를 쓰기 시작했다.

"하나님, 한번 내려와서 살아 보실래요? 한번 내려와서 보험도 팔아 보실래요? 얼마나 힘든 줄 아세요? 대체 내가 뭘 잘못했죠?"

나중에 친구에게 들으니 소리를 지르고 악을 써 대던 내가 친구의 뺨을 철썩 때렸다고 하는데, 이상하게도 그 부분은 기억이 나지 않는다. 어쨌든 겁이 난 친구가 서둘러 그날의 상담을 마쳤다.

그로부터 한 3개월쯤 지났을까.

극장에서 영화를 보고 나오는데 갑자기 눈앞에 환영이 나타났다.

연탄가스에 중독되어 사경을 헤매는 나를 업고 뛰는 남자의 얼굴이 보였다. 눈에서 눈물이 흐르고 인상이 잔뜩 일그러져 있었는데 분명히 주인집 할아버지가 아니었다. 젊은 남자 얼굴이었다.

그 순간 그가 하나님이라는 생각이 들었다. 그분의 소리가 들리는 듯했다.

"내 사랑하는 딸아, 내가 너의 아픔을 안다. 돈이 없어서 목욕을 못 가고 이렇게 죽을 고비를 넘기는구나. 딸아 걱정 마라. 앞으로 너와 함께하겠다."

나는 그 자리에서 한참을 울었다.

마음이 진정된 후에 나 자신에게 물었다.

"진희야, 너는 누구지?"

마음 깊은 곳에서 고요한 대답이 올라왔다.

"그래, 너는 그분의 딸이야."

나에게 드디어 아버지가 생긴 것이다.

나는 하나님께 기도를 접수하는 나만의 방법이 있다. 나에게는 소중한 기도 상자가 있는데, 그 안에는 정말 시시콜콜한 기도 내용이 적힌 종이가 한가득이다. 그중 응답 받은 기도는 따로 보관한다.

두렵고 막막할 때마다 응답 받은 기도 쪽지를 꺼내 보며 용기를 얻는다. 그렇게 여기까지 걸어왔다.

기도 상자 안에는 시시콜콜한 내용이 적힌 종이가 가득하다. 그중 응답 받은 기도는 따로 보관한다.

최근에 큰 감명을 받았던 책 중에 《인간의 자리》라는 번역서가 있다. 저자 폴 투르니에Paul Tournier 박사는 의사라는 직업까지 버리면서 신앙과 심리학을 조화시키려 했던, 세계적인 심리학의 거장이다. 그의 책 중에서 기억에 남는 문장이 있다.

절망적인 상황에서 나에게 나타나셨던 분과 동일한 하나님은 무한한 시간과 광대한 공간을 다스리는 전능하고 완전한 분이시다. 동일한 하나님이 만유인력과 원자력을 그리고 그러한 법칙을 발견하고 사용할 수 있는 인간의 두뇌를 창조하셨다. 동일한 하나

님이 물리학과 화학 생명과 가장 작은 세포에서 관찰할 수 있는
모든 현상을 창조하셨다.

동일한 하나님이 나에게 관심을 가지고 있다.

— 폴 두르니에의 《인긴의 자리》 중에서

이 글은 나에게 큰 위로와 지지가 되었다.

보험 일을 하며 돈을 벌어도 내 돈이 아닌 것 같고, 누군가가 확
가져가 버릴 것 같은 불안감. 행복해 본 적이 없으니 스스로 불안감
을 만들며 사는 것 같았다.

밥값 나가는 게 무서워서 동료들과 밥도 함께 먹지 못하고 혼자
떡볶이나 순대를 사 먹었다. 하지만 나에게 아버지가 생긴 뒤로는
사람들에게 밥도 같이 먹자고 청하고 내가 대접하기도 했다.

고객을 만나러 갈 때는 택시도 탔다. 그때부터 조금씩 돈 쓰는 행
복을 알아 가기 시작했다.

〈에피소드 4〉 앙드레 김

일이 어느 정도 궤도에 올랐을 때다. 슬슬 꾀가 나고 쉽게 돈을
벌고 싶은 마음이 들기 시작했다.

월급을 500만 원 받으나 1,000만 원 받으나 월급날이 되면 돈은
온데간데없이 사라져 버렸다. 한번 늘어난 지출 규모는 줄지 않

았다. 그때 깨달은 것 하나는, 사람에게 최저생계비는 있어도 최적생계비는 없다는 사실이다. 최적생계비는 욕망의 크기만큼 늘어났다.

나도 남들처럼 고액 계약만 몇 건 성사시키고 여유를 누리며 살고 싶었다. 부지런히 일하고 땀 흘리며 '개미 여왕'으로 불리는 데도 지쳐 가고 있었던 것이다.

그래서 부자를 만나기 위해 무작정 강남으로 갔다.

역삼동 가구 거리에 갔던 것으로 기억한다. 막상 가 보니 부자인 주인은 없고 종업원들이 지키고 있었다. 2시간 동안 허탕을 치고 나니 속이 상했다. '에잇, 돌아가자.' 하는 순간 앙드레 김의 숍이 보였다.

'그래. 여기까지 왔는데 부자한테 말이라도 한 번 해 보고 가자.' 하는 생각에 용기를 내서 문을 열고 들어갔다.

마침 작은 가게 안에 앙드레 김이 있었다. TV에서 보던 대로 어깨가 한껏 강조된 흰색 옷을 입고 있었다. 실제로 보니 강한 카리스마와 위엄이 느껴졌다. 그가 어떤 액션도 취하지 않았는데도 마주하는 것만으로 주눅이 들었다.

그래도 용기를 내서 자료를 꺼내 나름 열심히 설명을 해 드렸다. 하지만 그에게는 그저 숫자와 그래프뿐인 종이쪽일 뿐이었다. 몇 장 열심히 보던 앙드레 김은 결국 재미가 없었는지 탁자 위로 자료를 내려놓았다. 그런데 그 순간 자료가 바닥으로 툭 떨어지는 것이 아닌가. 민망해진 나는 바닥에 나뒹구는 자료들을 긁어모아 도망치듯 샵을 뛰쳐나왔다.

가게를 나오자마자 전화벨이 울렸다. 일주일 전에 신규 계약을 했던 고객이었다. 신규 고객의 전화가 일주일이나 열흘 안에 오는 건 불길한 소식인 경우가 많다. 예상대로 계약을 취소하겠다는 전화였다. 이미 10년째 보험 일을 계속해 오던 베테랑이었지만 그 상황은 견디기 힘들었다. 하지만 어쩌겠는가, 이미 지나간 일. 좋지 않은 감정에 빠져 있으면 결국 내 손해일 뿐이다. 나는 "이게 제일 바닥이야. 내일이면 좋은 일이 있을 거야!" 하며 툭 털어냈다.

그 뒤로, '강남은 멀다. 강북의 부자를 찾자.'라고 목표를 세웠다. 사무실에서 가까운 평창동을 선택하고는, 일단 택시를 타고 가장 높은 지대까지 올라갔다. 아래서부터 걸어올라가는 것보다는 내려오면서 일하는 게 훨씬 수월하다고 느꼈기 때문이다.

직접 만든 전단지를 챙겨 들고 가서 집집마다 우체통에 넣는 것이 나의 부자맞이 행사의 전부였다. 지금 생각해 보면 정말 무모한 행동이었다.

평창동 지역에는 유난히 개들이 많았다. 그날도 다른 때처럼 집

마다 전단지를 돌리고 있었다. 그런데 어느 집 대문으로 다가가
자 인기척을 느낀 개가 사납게 짖어 대기 시작하는 게 아닌가. 어
릴 적 이모 집에서 개에게 물렸던 기억이 떠올라 혼비백산하여
뛰어 내려오다가 그만 넘어져서 무릎을 다치고 말았다. 정성들여
만든 전단지가 바람에 이리저리 흩어졌다. 서러움이 북받쳐 길바
닥에 철퍼덕 주저앉아 대성통곡하고 말았다.

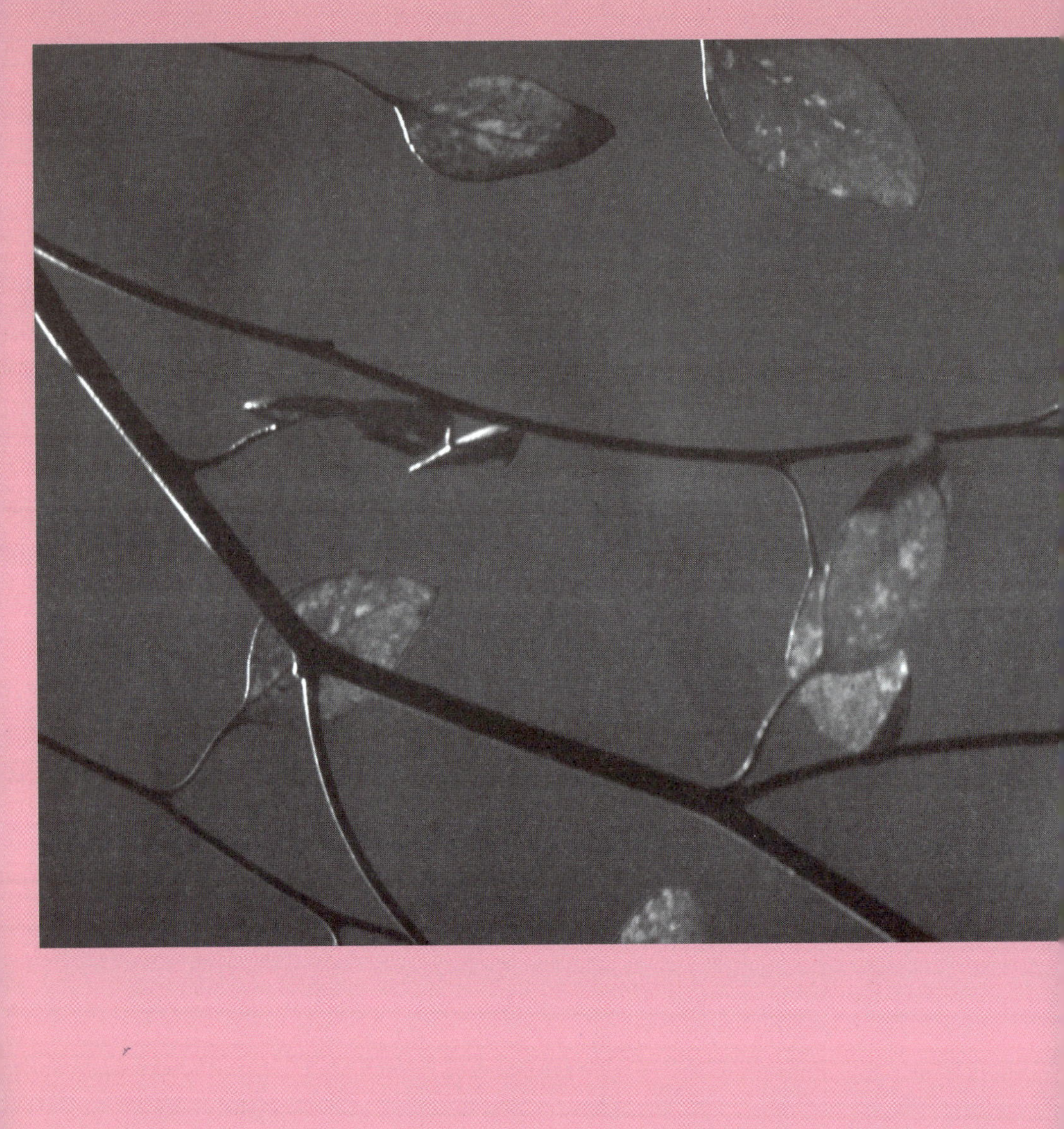

Part 4

연어의 숙명,
거슬러 오르다

돈 그리고 친구가 허락되다

음모의 표적이 되어 18년 동안 유배 생활을 한 정약용이 아들에게 보낸 편지글 중에 다음과 같은 구절이 있다.

저녁 무렵 숲 속을 거닐다가 어린애의 울음소리를 들었다. 숨이 넘어가듯 울어 대며 참새처럼 팔짝팔짝 뛰고 있어서 마치 여러 개의 송곳으로 뼛속을 찌르는 듯 방망이로 심장을 두들기듯 비참하고 절박했다. 알아보았더니 나무 아래서 밤 한 톨을 주웠는데 다른 사람이 빼앗아 갔기 때문이란다. 아! 세상에 이 아이처럼 울지 않는 사람이 몇 명이나 될까?

나에게도 밤 한 톨조차 남지 않았던 아픈 경험이 있다. '여러 개의 송곳으로 뼛속을 찌른' 상처가 다 아물지 않았으나, 고백으로 남은 상처를 씻어 낼 수 있지 않을까 하여 그에 관한 이야기를 해 보려 한다.

어느 날 사무실 동료 한 사람이 좋은 일이 있다며 소개를 했다. 3,000만 원을 투자하면 월 100만 원의 이익이 생긴다고 했다.

택시 기사를 상대로 돈을 빌려 주는 김 사장을 만나 보니 인상이 후덕하니 좋았다. 딤보로 잡고 있는 택시들의 압류 서류까지 다 보여 주었기에 믿을 수 있었다. 그리고 다음 달부터 정말 매월 100만 원씩 이자가 들어오기 시작했다.

그 뒤 김 사장은 아내와 딸을 소개해 주며 각자의 이름으로 보험도 하나씩 들었다. 나는 김 사장에게 내 고객 중의 한 분인 안과 전문의를 소개시켜 그의 딸이 라식 수술을 잘 받을 수 있도록 주선하기도 했다. 나중에는 가족끼리 밥도 같이 먹고, 김 사장의 사무실에도 스스럼없이 드나드는 사이가 되었다. 김 사장은 다른 이들의 보험 계약도 주선해 주었다. 그렇게 1년 반 동안 꾸준히 거래를 이어 가며 김 사장은 무한한 신뢰를 쌓았다. 나는 보험 계약을 위해 일일이 사람을 찾아다니며 노력할 필요가 없어졌고, 월급 외에 이자 수익이 매월 꼬박꼬박 들어왔다. 살면서 처음으로 돈에 대한 걱정이 없어진 것이다.

그 무렵 회사에서는 특공대처럼 일을 잘하는 사람들만 뽑아 새로운 지점을 구성했다. 그 속에는 내 또래가 2명 있었는데, 1명은 동갑내기였고, 다른 1명은 한 살 어렸다. 우리는 삼총사처럼 친하게 지냈다. 집에서는 남편 때문에 속이 썩었지만 직장에 나와 두 친구에게 이런저런 고민을 이야기하면 스트레스가 풀리고 집에 들어가서 견딜 힘이 났다. '우정이란 게 이런 거구나.' 하며 뒤늦게 행복을 만끽하던 시절이었다. 친한 사이가 되니 자연스럽게 내가 하던 재테크도 소개하게 되었다.

행복의 대가

하루는 김 사장 밑에서 돈 심부름을 하던 부하 직원이 사장님이 이상하다고 귀띔을 해 왔다.

"아무래도 김 사장님이 이상해요. 조만간 김 사장님이 무슨 일을 치를 것 같아요."

당시 김 사장에게 맡긴 내 돈은 5억 원, 사무실 동료와 그들의 지인을 합하면 돈은 대략 12억 원이었다. 실질적인 담보가 없는 유령 택시가 많이 등장했다는 정보가 여기저기서 터져 나왔지만 당시에는 눈과 귀가 어두워져 알아차리지 못했었다.

내 돈만 회수하는 것도 가능할지 어떨지 알 수 없는 상황에서 순진했던 나는 김 사장에게 돈을 맡긴 친구들을 소집했다. 나를 비롯해 삼총사였던 S양과 Q양이었다.

그들에게 상황을 알린 뒤 나는 어떻게든 조금씩이라도 돈을 받아 보겠다며 혼자 나섰다. 우리가 알고 있다는 것을 김 사장에게 노출할 수 없었기 때문에 혼자 움직일 수밖에 없었다. 여럿이 우르르 몰려다니면 김 사장이 의심할 게 뻔하니까 최대한 자연스럽게 돈을 회수하려고 한 선택이었다. 하지만 김 사장에게서 돈은 쉽게 나오지 않았다. 누구도 동행하지 않고 나는 열심히 김 사장을 만나러 다녔다. 김 사장을 만나러 갔다 온 뒤에는 두 친구에게 꼭 상황 보고를 했다.

시간이 흐르면서 친구들은 불안해했고 동요했다. 지인의 돈까지 투자했던 Q는 몹시 불안한 상태가 되어 내게 각서를 써 달라고까지 했다. 돈을 받으면 자기 지인의 돈을 가장 먼저 챙겨 달라는 거였다. 당시 Q는 자기 돈 1,500만 원과 지인의 돈 4,500만 원을 투자한 상태였다. 그런데 Q의 지인은 Q의 권유로 투자했다는 사실을 가족들에게 알리겠다며 상황을 곤란하게 만들고 있다고 했다. 결국 난 그녀에게 4,500만 원짜리 각서를 써 주었다.

당시에는 각서를 써 주면서도 크게 불안해하지 않았다. 왜냐하면 Q가 각서를 지인에게 보여 주기만 하고 폐기해 버릴 것이라고 말했기 때문이다.

그 당시 혼자 해결해 보겠다고 애쓰지 않았다면 어땠을까 생각해 본다. 우리 모두 같은 피해자로 남아 김 사장을 욕하며 지내지 않았을까? 그런데 나는 그러지 않았다. 열심히 김 사장을 만나러 다녔고, 각서를 써 주었다. 그런데 결국은 그런 행동들이 나를 법원까지 가게 했다.

함정에 빠지다

김 사장에게 돈을 받으러 정신없이 왔다 갔다 하던 어느 날, 삼총사 중 한 명이었던 S가 내게 2,000만 원을 빌려 달라고 했다. 그녀는 김 사장에게 받을 돈이 1,500만 원 남아 있는 상태였다. 당장 이사해야 하는데 2,000만 원이 부족하니 먼저 빌려 주면 김 사장에게 돈을 받고 나서 갚겠다는 것이었다.

확실하게 해 두는 것이 좋을 것 같아서 차용증을 써 달라고 했다. S는 알겠다고 하고는 형식을 갖추어 차용증을 썼다. 차용증 맨 아랫줄에 '이 돈을 갚지 못하면 ○○○을 팔아서 갚겠다.'라며 제 이름 석 자가 들어간 문구를 집어넣기까지 했다. 왜 굳이 그런 강한 표현까지 쓰는지 의아했지만, S가 확실한 의지를 표현한 것이라 여기고는 굳이 캐묻지 않았다.

결국 그로부터 얼마 지나지 않아 김 사장은 부도를 내고 중국으로 도망갔다. 결과적으로 S는 1,500만 원을 투자했지만 2,000만 원을 받은 것이고, 왔다 갔다 하느라 일도 못한 채 고생이란 고생을 다한 나는 투자한 돈을 회수하지 못했다. 김 사장 집 앞에 쪼그리고 앉아 그가 돌아오기를 기다리며 밤을 샌 적도 많았다. 하지만 언제나 혼자였다. 돈을 투자하고 이자를 받을 때는 희희낙락하며 무리지어 다녔지만 돈을 받으러 다닐 때는 그 누구도 동행해 주지 않았다.

사건이 터지자 지점에서는 난리가 났다. 투자한 돈을 돌려받지 못하는 것도 문제였지만, 김 사장을 통해 발생했던 계약들이 총체적으로 문제를 일으킨 것이다. 내가 1년 6개월 동안 성사시킨 계약들도 대부분 김 사장에게서 나온 것이니 지점의 손실이 컸다. 결국 나도 그 지점을 나와야 하는 지경에 이르렀다. 돈도, 사람도, 일도 잃을 위기에 처한 것이다. 지점장은 나를 불러 동료들의 돈을 다 갚아 주든지, 아니면 지점을 떠나라고 했다. 나도 피해자라 돈이 없는데 나더러 동료들의 돈을 마련해 주라니 어이가 없었다.

내가 꼭 갚아 주어야 하는 돈은 따로 있었다. 고객들 중 힘들게 사는 몇몇 분들을 보기가 안쓰러워 얼마간의 돈이라도 김 사장에게 투자하도록 권했으니 내 책임이 컸다. 그 돈만은 내가 꼭 갚아야 한다고 생각했다. 그런데 그 돈만 해도 1억 원이었다. 현재 그 돈은 다 갚은 상태이고, 그 고객들은 여전히 나의 소중한 고객으로 남아 있다.

하지만 동료들은 달랐다. 본인들 스스로가 생각하고 선택한 결정이고, 나도 같은 피해자인데 나더러 물어내라는 건 말이 되지 않았다.

어느 지점에서도 계약 유지율이 망가져 지점 평가에 마이너스가 되는 나를 받으려고 하지 않았기 때문에 나는 3개월간이나 일할 지점을 찾지 못했다. 지점장에게 사정을 봐 달라고 부탁했지만 지점장은 내가 없는 상태에서 지점 운영 계획을 마쳤다고 통보해 왔다. 사무실에 출근할 수도 없고 회사를 그만두지도 못한 채 눈치만 보는 시간이 흘러갔다. 그때 같은 지점에서 일하던 관리과장님이 나를 불쌍히 여기고 모 지점에 지점장으로 나가면서 나를 불러 주었다. 그때 그분의 도움이 없었다면 나는 K사를 떠나 여러 곳을 방황했을지도 모른다.

이 글을 통해 그분께 감사의 마음을 전하고 싶다. 아울러 그곳을 총괄하고 계시던 단장님께도 감사드린다. 다를 꺼려 했던 나에게 호의를 베풀고 힘이 되어 준 분들. 나와 함께 그들로부터 욕을 먹는 고초를 겪어야 했던 분들이다.

적보다 무서운 친구

누군가 내게 '이 상황을 견디는 가장 좋은 방법은 모든 감정을 죽이는 것이다.'라고 조언했다. 오늘 할 일만 생각하라는 거다. 나한테는 도움이 되는 충고였다.

낮에는 일이 바쁘니까 감정을 죽이고 생활하는 게 가능했지만 밤이면 어김없이 공포가 찾아왔다. 나는 술을 즐기지도 않고, 잘 마시지도 못한다. 하지만, 딱 한 번, 잠이라도 한번 푹 자 보고 싶어서 어린이 간식용 소시지를 안주 삼아 소주 한 병을 다 마셔 버린 적이 있다.

그때는 스스로를 포기하면 삶이 끝나 버릴지도 모른다는 두려움 때문에 악착같이 버텼다. 그대로 주저앉을 수가 없었다. 가진 돈을 다 잃었으니 일터가 절실했다. 하지만 상황이 녹록치 않았다. 새로이 옮겨 간 사무실에서는 흉흉한 소문의 주인공인 나에게 아무도 말을 걸어 오지 않았다.

할 수 없이 나는 친구 S에게 문자를 보냈다.

"너도 힘들겠지만 나도 상황이 너무 안 좋아. 2,000만 원 중 1,000만 원이라도 먼저 해 줄 수는 없겠니?"

오전 10시 30분에 문자를 보냈는데 하루 종일 답이 오지 않았다.

그런데 그날 저녁 6시쯤에 Q에게서 전화가 걸려 왔다.

그녀가 대뜸 물었다.

"진희야, 너 S에게 무슨 짓을 한 거야?"

"무슨 짓이라니? 빌린 돈 달라는 문자밖에 안 했는데?"

순간 온몸에 소름이 돋았다. 느낌이 좋지 않았다.

Q의 말에 의하면 S가 사무실에 들어오자마자 갑자기 쓰러졌다고 한다. 그러더니 동료들 앞에서 눈자위를 뒤집으며 연신 헛소리를 하는데, 반복적으로 "진희야, 미안해. 잘못했어. 네 돈 꼭 갚을게. 한 번만 봐줘." 하더란다.

하루 종일 문자 한 번 보내지 않은 S는 그렇게 꼬박 한 시간을 연극을 했던 것이다. 의도적으로는 그렇게 할 수 없다고 느낀 옛 동료들은 모두 날 의심하기 시작했다. 그동안 내가 이루어 낸 영업 성과와 높은 수익률에 질투와 시기를 느끼던 사람들의 감정까지 한데 버무려졌다.

가슴 저 밑에서부터 뜨거운 것이 확 올라왔다. 배신감과 공포라고밖엔 달리 표현할 방법이 없다. 돈이 필요하다기에 빌려주었고, 나도 상황이 여의치 않아 돌려 달라고 문자 한 번 넣었을 뿐인데……

얄팍한 우정에 실망한 나는 차용증을 근거로 S에게 돈을 청구했다. 빌려준 돈이니 쉽게 받을 수 있을 줄 알았다. 그런데 1개월 뒤에 반소장이 날아왔다. S가 판사에게 보낸 A4지 두 장 분량의 편지도 첨부되어 있었다. 그 안에는 그간 친구라고 믿고 털어놓았던, 치부와도 같은 나의 개인적인 상황들까지 낱낱이 적혀 있었다.

S는 내가 자기를 나쁜 사기꾼에게 소개했다고 적고 있었다. 돈을 빌려달라고 하자, 내가 협박을 하며 억지로 차용증을 쓰게 했다고도 적혀 있었다. 자신은 꼬임에 빠져 투자하게 된 것뿐이고, 이번 일로 큰 피해를 봤다는 주장이었다.

S의 주장에 설득력이 있다고 느낀 법무사는 "이건 장난이 아닙니다. 힘들 수도 있겠습니다."라고 말했다.

그뿐만이 아니었다. S는 함께 일했던 전 지점 사람들에게 연판장을 돌려 무려 30명의 서명을 받아 냈다. 내가 의도적으로 그들의 돈을 빼서 김 사장에게 투자하게 해서 피해를 입혔다는 내용이었다. 결국 S와 Q 2명과 타 지점에서 돈을 투자했던 1명까지 3명의 고소가 한꺼번에 들어왔다. 게다가 상대는 고소장을 본사로 보내 나의 이미지를 실추시켰다. 하지만 다행히 본사에서는 개인적인 일이라며 침묵했다. 고객과의 문제가 발생하지 않은 덕분이라고 생각된다. 처음 나에게 김 사장을 소개해 주었던 동료는 사건이 터지자마자 퇴사해 버린 상황이었다. 그로 인해 나는 이 사건의 피해자이면서도 오히려 원인 제공자로 오인 받게 되었다.

2003년 8월, 나는 민사, 형사, 반소 이렇게 3가지 재판을 동시에 진행해야 하는 상황에 처했고, 이 지루한 법정 싸움은 4년이나 계속되었다.

혈혈단신의 몸으로 맞서다

재판 세 건은 각각 다른 지원에서 진행되었다. 동부지원, 서부지원, 남부지원으로 건건마다 불려 다녀야 했다.

나는 혼자였지만 상대는 4~5명이 함께였다. 그래도 악착같이 버텼다. 속으로는 위축됐지만 버텼다. 내가 변호할 차례가 되면 그들이 괴성을 지르며 방해도 했다. 재판을 끝내고 엘리베이터를 타면 그 안에서 온갖 욕을 다 해댔다. 법원에 혼자 가기가 싫었지만 엄마한테까지 그 욕설이 들릴까 봐 엄마는 모시고 가지 않았다.

언젠가 그들이 엄마에게 했던 말을 기억한다.

"축하드려요. 사기꾼 딸을 두셨네요."

2005년, 드디어 김 사장이 잡혔다. 그가 영등포 구치소에 수감되었으니 삼자대면을 하라고 연락이 왔다.

그들도 가고 나도 갔다. 김 사장이 충청도 특유의 말투로 느릿느릿 말했다.

"왜들 그렇게 지내세요. 장 여사님 잘못 없어요. 서로 사이 좋게 지내세요. 장진희 씨도 피해잡니다."

그 진술은 그대로 검찰에 보고되었고, 나는 한 시름 놓았다.

한 달 뒤, 나에게 각서를 쓰게 한 친구와 재판이 진행되었다. 그런데 증인으로 김 사장이 나온다는 것이었다. 나는 의아했다. 그들이 자신에게 불리한 사람을 증인으로 신청한 것이 이해 되지 않았다. 어찌됐든 반대 심문을 준비해서 법정에 갔다.

그날도 나는 혼자였다. 그런데 법정에 들어서니 옛 지점의 설계사 20여 명이 방청객으로 우르르 몰려와 있는 것이다. 섬뜩했다. 게다가 두 손이 포승줄로 묶인 김 사장이 느물거리는 표정으로 웃고 있는 게 아닌가.

재판이 시작되자 경악을 금할 수가 없었다. 김 사장이 위증을 한 것이다.

"장진희 씨와 나는 동업자입니다. 장진희 씨가 돈 있는 사람을 알려 주면 내가 접근해서 사업 자금을 빼냈고, 그 대가로 리베이트를 줬습니다. 장진희 씨가 받아 간 돈은 건당 천만 원씩이었습니다."

판사는 김 사장에게 조서에 있는 내용을 확인했다. 하지만 김 사장은 그에 대한 답변은 회피하고 자기가 준비한 말만 반복했다. 그러자 판사는 나한테도 세 번, 네 번 계속 같은 질문을 했다.

나는 홀로 서서 바들바들 떨리는 몸을 주체할 수가 없었다. 정신을 잃지 않기 위해 이를 악물어야 했다.

질문과 답이 맞지 않은 채 반복되는 동안 방청석에서는 야유 섞인 탄성이 터져 나왔다.

"장진희는 나와 동업자입니다."

"어머."

"장진희는 나와 동업자입니다."

"어머머!"

"장진희는 나와 동업자입니다."

"세상에!"

"리베이트를 천만 원씩 받았습니다."

"어머!"

"리베이트를 천만 원씩 받았습니다."

"저 봐, 저 봐!"

"리베이트를 천만 원씩 받았습니다."

"어머나, 세상에!"

그렇게 1시간 30분 동안 재판이 진행되었다. 2005년 5월 21일이었다.

그날 처음으로 죽어야겠다는 생각을 했다. 아버지가 날 밀어내도, 가난이 단짝처럼 들러붙어 나를 떠나지 않아도, 남편이 내 삶을 지치게 했어도 죽음 따윈 생각해 본 적이 없었다. 하지만 그날은 정말 죽고 싶었다.

나는 대곡역 앞에 차를 세워 놓고 모든 등을 끈 채 한 시간을 서 있었다. 어느 차든 달려와 내 차를 들이받기를 기다렸다. 그러나 그 어떤 차도 내가 있는 쪽으로 달려오지 않았다.

2015년 새해 첫날, TV 드라마 〈피노키오〉에서 억울한 누명을 쓴 경찰 이야기를 보았다.

대형 화재의 원인자로 지목된 경찰 찬수는 '나는 그 사고와 상관없다.'라고 강하게 주장하지만, 왜곡된 언론 보도를 접한 세상 사람들은 조롱과 모욕을 해 댄다. 심지어 유치원에 갔다 온 아이는 '아빠, 민중의 곰팡이가 뭐야? 애들이 나보고 너희 아빠는 민중의 곰팡이래." 하며 엄마 품에 안겨 울었다.

개인적인 억울함을 넘어 가족에게 고통을 주는 존재가 되어 버린 이때, 주인공이 찬수에게 말한다.

"힘내라. 난 그냥 두고 보지 않을 거다."

다른 시청자에게는 드라마의 한 장면에 불과했겠지만 내게는 달랐다. 요즘 말로 '격하게' 공감되었다. 그 당시 내게 필요했던 것이 바로 그것이었다. 곁에 있어 줄 사람. 함께 울어 줄 사람.

그래도 삶에 미련이 남아서인지 대곡역에서 죽기 전에 전화 통화를 시도했다. 그날따라 아무도 전화를 받지 않았다. 누군가의 위로가 절실히 필요했는데 약속이나 한 것처럼 모두 내 전화를 받지 않았다.

1시간쯤이 지나자 갑자기 휴대전화 벨이 울렸다. 당시 친했던 K 선교사 님이 전화를 주신 거였다. 선교사 님이 바로 달려와 나를 위로하며 함께 울어 주셨다.

변호사를 찾아 위증 재판을 시작했다. 소장을 작성해 7월쯤 접수했는데 9월 26일에 연락이 왔다. 김 사장의 친구가 내게 만나고 싶다고 전화 연락을 해 온 것이었다.

변호사가 듣고 온 내용은 이랬다.

S양 무리가 김 사장 면회를 와서 법정에서 말만 잘하면 자신들의 소송은 취하해 주겠다고 했다는 것이다. 사기 금액이 줄면 형량 또한 줄어드니 김 사장으로서는 손해 보는 거래가 아니었다. 무려 10억이 줄어드니 김 사장이 위증 쪽을 택한 거였다. 그런데 S와 그 무리들이 김 사장과의 약속도 지키지 않았다는 것이다.

서 울 남 부 지 방 법 원

판 결

사   건   2005고정1447 위증

피 고 인   000

심   사   이영화

판 결 선 고   2005. 8. 3.

주   문

피고인을 벌금 3,000,000원에 처한다.

피고인이 위 벌금을 납입하지 아니하는 경우 금 50,000원을 1일로 환산한 기간 피고인

을 노역장에 유치한다.

위 벌금에 상당한 금액의 가납을 명한다.

이   유

범 죄 사 실

피고인은 2004. 7. 14. 서울북부지방법원에서 사기죄로 징역 4년을 선고받고 같은 해

10. 21. 위 판결이 확정된 자인 바, 2004. 5. 20. 서울 마포구 공덕동 소재 서울서부지방

- 1 -

지루한 법정 싸움은 4년 만에 끝났다. 몸과 마음이 피폐해지고, 돈도 사람도 다 잃었다.

고소 취하도 안 되는 상황에서 내가 변호사를 사서 위증으로 또 고소하니 김 사장은 애가 탔던 것 같다. 결국 김 사장이 진술서를 써 주었고, 그것으로 누명을 벗을 수 있었다.

1차 재판이 끝났지만 그들은 고소를 중단하지 않았고, 나는 항소심을 또 진행해야 했다. 그 일이 다 마무리된 것이 2007년이다.

재판보다 더 황당한 일

3년 전 우연히 법률사무소 사무장을 지낸 사람을 알게 되어서 S의 차용증에 대해서 물어보았다. 내가 재판에서 진 이유가 궁금했다. 그의 설명은 이러했다.

'노름 현장에서 강제적으로 돈을 빌렸거나 협박에 의해서 강제로 쓴 차용증에 대해서는 법적 효력이 없다.'

S는 처음부터 그 사실을 알고 그 문구를 써 넣은 거였다.

S는 재판이 진행되는 내내 치밀하고 차분했다. 절대 흥분하거나 전면에 나서지 않았다. 모든 것을 뒤에서 차분하게 진행했다. 엘리베이터 안에서 만나도 흥분하는 건 서운함이 큰 내 쪽이었지 S는 눈썹도 까딱하지 않았다.

원래 그녀는 라디오 프로그램에 사연을 써 보내서 김치냉장고를 탈 정도로 글을 잘 쓰는 사람이었다. 또한 그녀의 주된 영업 대상은 경찰청 공무원들이었다. 그녀를 상대하기에는 나는 참으로 순진한 아줌마였다.

생각해 보니 치밀하세 처음부터 다 준비했던 것이다. 1,500만 원을 투자하여 여러 달 동안 50만 원씩 꼬박꼬박 받았던 것은 깡그리 무시하고, 원금에 정신적 위자료를 더해 2,000만 원을 청구한 것이다. 그 사실을 10년이 지난 재작년에야 알고 나서 나는 일주일을 앓아누웠다.

빌려간 돈도 주지 않은데다 나를 모함하기까지 했다. 오랜 시간 동안 치밀하게 진행한 과정을 생각하니 무서웠다. 내 삶의 마지막 순간 만큼은 고상하게 마무리하고 싶은데, 용서하지 못하고, 털어내지도 못하고, 그래서 편안하게 죽지 못할까 봐 불안했다. 이 격앙된 감정을 다스리기까지 또 많은 시간이 필요했다.

그 시절, 배신감과 억울함에 또다시 허물어지는 나를 일으켜 세운 글이 있다.

〈실망감을 받아들이는 법을 배워라. 그것이 인생이다.〉
"당신이 누군가를 사랑하는 것은 누구의 일인가요?"
"내 일입니다."

"그가 당신을 사랑하는 것은 누구의 일인가요?"

"그의 일입니다."

"당신이 마음으로 그곳에서 그의 삶을 경영하고 그에게 나를 이런저런 이유로 사랑하라고, 존중하라고 명령할 때 어떤가요?"

"비참하고, 절망적이고, 두렵습니다."

"나는 이제 제정신이기 때문에 현실과 다투지 않습니다.

나는 현실을 사랑합니다.

내가 영적인 여자이기 때문이 아니라

현실과 다투면 내 가슴이 아프기 때문입니다."

— 바이런 케이티Byron Katie《네 가지 질문》중에서

쓰러진 자리에서 다시 일어서다

지칠 대로 지친 나는 회사를 떠나고 싶었다. 하지만 그럴 수가 없었다. 고객들한테 내가 다니는 회사가 가장 좋다고 설명해 왔는데 다른 회사의 상품을 들고 찾아가 다시 좋다고 설명할 자신이 없었다. 나는 다시 그 자리에서 일어나야만 했다. 나의 허술함이 문제이지, 회사가 공들여 개발해 낸 보험 상품에는 아무런 문제가 없었기 때문이다.

감정을 없애고 일에 몰두하고 싶었지만 쉽지 않았다. 급기야 한 달에 단 한 건의 계약도 하지 못하는 사태가 오고 말았다. 마치 계약이 성사될 것처럼 연락이 오다가 막판에 틀어지는 일이 반복됐다. 그 달 말일까지 계약을 단 한 긴도 하지 못하게 되자 결국 옛 친구에게 전화를 걸어 보험 계약을 부탁했다. 친구는 묻지도 따지지도 않고 선뜻 계약해 주었다. 친구에게 꼭 필요한 보험이 아니었다. 그럼에도 불구하고 친구는 날 위한 계약을 했고, 그 보험은 지금도 깨지지 않고 유지되고 있다. 상처뿐인 감정의 밑바닥에서 실낱 같은 희망을 발견하게 된 것이다.

사람으로 인한 상처는 사람으로만 치유될 수 있는 것이라는 생각이 든다. 유지율이 0%로 떨어지고 생계의 위협을 받게 되었을 때 이유도 묻지 않고 보험을 계약해 준 친구가 아니었다면 과연 내가 일어설 수 있었을까? 나는 친구의 배려 덕분에 일어설 힘을 되찾은 것이었다.

힘들고 어려운 일이 많지만 이렇게 내 주위에서 응원을 아끼지 않고 무한한 지지를 보내 주는 사람들이 있기에 나는 오늘도 힘차게 하루를 살아갈 수 있다.

〈에피소드 5〉 우리 함께 공부해요

고객의 계속되는 거절을 겪으면서 한 가지 깨달음을 얻을 수 있었다. 그동안 내가 승승장구할 수 있었던 것은 내 노력과 내 기술, 내가 잘나서만은 아니라는 걸 알게 된 것이다. 내가 사람들에게 호의를 입었기 때문이다. 나는 사랑에 빚진 사람인 것이다. 그걸 깨닫고 나자 이제는 내가 먼저 사람들에게 다가갈 수 있는 용기가 생겼다.

새로운 지점으로 출근한 지 3개월이 지난 어느 날 아침 사람들에게 먼저 말을 걸었다.

“매일 아침 조회 끝나고 20분씩 상품 공부를 하고 싶은데 같이 공부하지 않으시겠어요?”

사람들이 나와 함께 밥도 먹지 않던 때였다. 그런데 함께 공부를 하자고 했으니 얼마나 황당했을까? 호기심 때문인지 40여 명의 설계사 중 13명이 관심을 보였다. 3개월간 지켜봤는데 소문과는 달리 일만 열심히 하니 굳이 소문에 신경쓸 필요가 없겠다고 여기는 사람도 있는 것 같았다. 그렇다고 해서 출석률이 높았던 것은 아니었다. 나는 단 1명이 출석해도 상품 공부를 진행했다.

함께 상품 안내장과 약관을 읽고 모르는 것은 서로 물어보면서 지식을 넓혔다. 3개월 동안 매일 아침마다 공부를 하니 엄청나게 성장하는 내 자신을 느낄 수 있었다. 사람들의 시선 또한 달라지고 있다는 것도 느껴졌다. 여섯 번 정도 반복해서 읽자 새로운 세계가 열렸다. 상품에 대한 자신감이 생겼고, 열정이 살아났다. 최근 내가 진행하는 강의의 토대는 이때 만들어진 것이다.

내가 동료들과 공부를 시작했다고 하자, 친구가 놀라워했던 게 기억난다. "진희야, 어떻게 그럴 생각을 다 했어?"

그 무렵 나에게 큰 도움이 되었던 역사적인 인물이 있다. 정민 교수의 책《미쳐야 미친다》에 실려 있던 이덕무 선생이 바로 그분이다.

이덕무는 뛰어난 독서가로서 학덕이 높았지만, 아버지가 서얼(庶孽 : 서자와 그의 자손)이었기 때문에 과거를 볼 수가 없었다. 그는 공직에 연연하지 않고 학문에 전념, 당대의 젊은 석학들과 교류하며 가난하지만 책 속에서 행복하게 살았다. 약관이 되자, 후에 실학자로 명성을 얻게 되는 박제가·유득공·이서구 등과 교류하며《건연집巾衍集》이라는 시집을 출간하여 이름이 국내는 물론 중국에까지 알려지게 된 인물이다.

책을 읽는 내내 이덕무의 처지에 공감한 적이 한두 번이 아니다.

을유년 겨울 11월, 공부방이 추워 뜰 아래 작은 띳집으로 거처를 옮겼다. 집이 몹시 누추하여 벽에 언 얼음이 뺨을 비추고 방구들의 그을음 때문에 눈이 시었다.

바닥은 들쭉날쭉해서 그릇을 두면 물이 엎질러지곤 했다. 햇살이 비쳐 올라오면 쌓였던 눈이 녹아 스며들었다. 띠에서 누런 국물 같은 것이 뚝뚝 떨어졌다. 손님의 도포에 한 방울이라도 떨어지면 손님이 크게 놀라 일어나는 바람에 내가 사과하곤 했다.

어린 아우와 함께 석 달 간 이곳을 지켰지만 글 읽는 소리가 그치지 않았다.

세 차례나 큰 눈을 겪었다. 매번 눈이 한 차례 오면 이웃에 키 작은 늙은이가 꼭 대빗자루를 들고 새벽에 문을 두드리며 혀를 끌끌 차면서 혼자 말하곤 했다. "불쌍하구먼."

연약한 수재가 얼지는 않았는지? 먼저 길을 내고는 그 다음엔 문 밖에 신발이 묻힌 것을 찾아다가 쳐서 이를 털고 재빨리 눈을 쓸어 둥글게 세 무더기를 만들어 놓고 가곤 하였다. 나는 그 사이에 이불 속에서 옛글 서너 편을 벌써 외우곤 하였다.

― 정 민 교수의 《미쳐야 미친다》 중에서

춥고 배가 고픈 중에도 소리 내어 낭랑하게 글을 읽는 공부법……. '그래, 나도 소리내어 함께 읽어야지.' 하고 아침마다 20분씩 함께 소리 내어 읽으니 서당에서 글을 읽는 느낌이 들고 참석자가 적어도 학습 열기가 식지 않았다.

영업인들은 판매를 잘하기 위해 교육을 많이 받는다. 교육을 받을 땐 모든 게 이해되고 바로 활용할 수 있을 것 같지만, 막상 현장에 나가면 당황하여 말이 뒤죽박죽된다. 말하는 당사자 스스로도 무슨 말을 하는지 모르는데, 어떻게 확신 있는 느낌이 전달될 수 있겠는가. 그러다 보니 성과는 나지 않고, 교육은 그저 교육으로 끝나는 경우가 많다.

나중에 안 사실인데, 듣는 근육과 말하는 근육은 다르다고 한다. 그런 면에서 내가 선택한 학습법은 영업자에게 안성맞춤이었다. 상품 안내장과 약관을 소리 내어 여섯 번 정도 읽으면 전문 용어가 입에서 술술 나오고, 고객 앞에서도 자신 있게 설명할 수 있어서 확신을 주게 되니 성과가 오르기 시작했다.

나는 지금 하고 있는 강의에서도 중요한 화법과 문장은 청중들과 함께 소리 내어 읽는다. 덕분에 내 강의에는 조는 사람이 거의 없다. 내 강의가 '가장 현실적인 강의'라는 평가도 이 때문이 아닌가 한다.

> 절망의 순간까지 포함해서 삶이다.
> 삶의 물음에 "예"라고 대답하라.
> — 빅토르 프랑클의 《삶의 물음에 "예"라고 대답하라》 중에서

겨울이 지나면 봄이 오듯이

사건과 관계된 친구들은 나를 끌어내리기 위해 안간힘을 썼고, 회사 분위기 또한 우호적이지 않았다. 날마다 따가운 시선이 날아와 꽂혔지만 나는 묵묵히 일에 집중했다.

한창 재판 문제로 힘들던 시기에 리더들 송년 모임 연수원 행사가 1박 2일 과정으로 열렸다. 그곳에서 평소에 나를 잘 따르던 후배가 내 귀에 들리도록 흉을 보는 일을 겪었다. 단 한 번도 내게 어찌 된 일인지 묻지 않았던 후배였다. 신입 시절부터 나에게 많은 것을 배우고 싶어 해서 각별히 신경을 썼던 후배라 마음이 갈기갈기 찢어졌다.

그런데 기적이 일어났다. 본부별 장기 자랑에서 내가 1등을 하면서 부상으로 받은 상품권을 팀원들과 나눌 수 있는 기회가 온 것이다. 다음 날 이어진 발표에도, 마지막 행사로 진행된 상품 골든벨에서도 장원을 했다.

매 순간 최선을 다하는 내 모습을 지켜본 동료들이 관심을 보이기 시작했다.

"그래 사람 말은 한쪽만 들어봐서는 몰라."

사람들은 내 말에 귀를 기울이기 시작했고, 나와 커피를 마시자
는 사람도 하나 둘 늘어났다.

그 무렵 나의 마음을 달래 준 작가 중에 멕시코 출신의 외과의사
이자 영적 치료사인 돈 미겔 루이스Don Miguel Ruiz가 있다.

아무것도 나와 관련 지어 받아들이지 마라.

어떤 상황이 당신과 관련된 것처럼 보일 때라도, 심지어 다른 사
람들이 당신을 대 놓고 모욕할지라도, 그것은 당신과 전혀 상관
없는 일이다.

누군가 당신에게 "이봐, 당신은 참 뚱뚱하군."이라고 자신의 의견
을 말하더라도, 이를 당신에 대한 이야기로 받아들이지 마라.

그 사람은 단지 자신의 감정과 믿음, 의견을 말하고 있을 뿐이다.

이 사람은 당신에게 독을 뿜으려 하는 것인데 당신이 그의 말을
자신과 관련시켜 받아들이면, 당신은 그 독을 받아들인 것이 되
고 그 독은 이제 당신의 것이 되어 버린다.

모든 것을 자신과 관련시켜 받아들이게 되면 당신은 쉽게 약탈자
나 사악한 마법사의 먹이가 되고 만다.

— 돈 미겔 루이스의 《오늘이 내 삶의 새로운 시작이다》 중에서

배신, 상심, 경제 파탄, 이혼, 패배. 그럴 때마다 나를 다시 일으켜 세워 준 이들이 있었다. 세상 속으로 다시 들어갈 수 있도록 응원을 아끼지 않고 무한한 지지를 보내 준 분들 덕분에 오늘의 내가 있게 되었다.

그중에서도 각별한 네 분을 다음 장에 소개한다.

Part 5

내 인생의 소중한 네 사람

인생의 스승, 김회권 목사

그중 한 분이 바로 김회권 목사다. 김회권 목사님을 만나기 전의 나의 신앙은 미숙했다. 남편과의 힘든 결혼 생활을 나의 십자가로 여기고 감사하라고만 하니 정말 견디기가 힘들었다.

그러다가 우연한 기회에 교회를 소개 받아 나갔는데 당시 담임 목사로 계셨던 분이 바로 김회권 목사님, 현재 숭실대학교 기독교학과 교수 겸 교목실장님으로 계신 분이다. 서울대학교 영문학과에서 수학하던 중 회심하여 16년간 서울대학교 기독교학생회 간사로 활동하다가 미국 프린스턴 신학대학에 유학하여 철학박사 학위를 받은 분이다. 그 뒤 두레교회(김진홍 목사)의 지원으로 분리 독립된 일산두레교회를 개척하였다.

김회권 목사님만은 모든 고난을 내 죄 탓이라고 하지 않으셨다. '죄가 없어도 고난을 당할 수 있다.'라고 하셨다. 귀가 번쩍 뜨였다. 내게 위로가 되었던, 진정 내 영혼이 찾고 있던 말씀이었다. 그 이후에 오랫동안 그분에게 성경과 기독교 신앙을 배운 뒤 내 인생의 멘토로 삼았다.

김회권 목사는 얼마 후 내게 어떤 일을 하느냐고 물었다. 나는 기어들어가는 목소리로 '보험 설계사'라고 소개했다. 사실 그때까지 직업을 드러내는 자리에서 어깨를 펴고 당당하게 말해 본 기억이 없었다. 그런데 김회권 목사는 대번에 "그것 참 훌륭한 일을 하시네요." 하고 칭찬하시는 게 아닌가. 어리둥절해진 나는 상담하려던 내용도 다 잊고 목사 님 앞으로 의자를 끌어당겼다.

"왜 그렇게 생각하세요?"

내 질문에 목사님은 주저 없이 설명하셨다.

"생명보험에 가입하는 일은 소년소녀 가장을 돕는 일이고, 암 보험에 드는 건 암 환자를 돕는 일이 아닙니까? 상해보험에 가입하는 일은 병상에 오래 있어 지친 환자에게 희망과 위로를 건네는 일이고 말입니다. 보험에 가입하는 것이야말로 생색내지 않고 남을 돕는 거룩한 낭비라고 할 수 있습니다."

세상에! 목사님 말씀을 듣는 순간 가슴 저 깊은 곳에서 종소리가 울려퍼졌다. 내 직업을 나보다 이렇게 잘 파악하고 계신 분이 있을 줄 몰랐다. 내 일에 이렇게 큰 자부심을 심어 주는 분이 있을 줄 몰랐다. 고민이고 뭐고 다시 일하고 싶은 욕구가 치밀어 올랐다. 그랬지. 내 일이 그랬지. 전에 없던 직업에 대한 자존감이 생긴 것이다.

난 울었다. 대체 어떤 마음으로 보험 일을 해 왔던 것인가……. 보험은 세상을 아름답게 하는 일이다. 보험은 기본 정신이 사랑인

사업이다. 듣기만 하고 행하지 않으면 난 위선자다. 사랑을 실천하자. 이제부터 난 사회 운동가다.

드디어 나에게 소명이 생긴 것이다.

나의 수호천사 K 선교사

선교사님은 처음 만났을 때부터 마치 내 마음을 다 아는 것처럼 속이 후련한 위로와 기도를 해 주셨다. 하지만 당시 내 현실이 너무 어두웠기 때문에 희망의 언어는 실감이 나질 않았다. 이혼한 직후였고, 재판을 하고 있었고, 명예와 수입은 땅에 떨어진 상태였다.

절망적인 날들이 지속되고 있을 때, 선교사님과 오랜만에 통화를 하게 되었다. 그렇잖아도 소식이 궁금했다며 반갑게 전화를 받아 주시더니 수화기 건너편에서 기도를 해 주셨다.

"사랑하는 딸아, 지금까지 너는 이삭을 줍는 아낙이었다. 그러나 이제는 그 땅이 네 것이 될 것이다."

깊은 위로의 말씀을 몇 번이나 되뇌었다. 나는 하나님도, 선교사님도 다 잊고 정신없이 살았는데 두 분은 날 생각하고 계셨다니 정말 감사했다.

몇 개월에 걸친 암 투병 기간에도 선교사님은 일주일에 한 번씩 우리 집을 방문해 기도해 주셨다. 지금도 기억나는 기도가 있다.

"사랑하는 딸아, 내가 너를 거름더미와 같은 곳에서 일으켜 세우겠고, 너를 마치 손가락에 끼우는 반지처럼 끼고 있겠다. 두려워하지 말라."

나는 그 기도를 녹음해서 밤마다 들으며 잤다. 그러다가 어느 날부터는 기도의 일부를 적어 비전 보드에 붙여 놓았다. 돌이켜 보면, 그 기도가 암을 이기게 하고 강의할 에너지를 얻도록 했던 것 같다.

그 무렵, 두려움이 밀려올 때 선교사 님과 함께 했던 기도가 생각난다. 이것은 그 시절 나의 애타는 고백이기도 하다.

나는 두렵습니다.

내게는 항상 많은 두려움이 항상 있었습니다.

어릴 때는 어머니가 오시지 않을까 봐 두려웠고,

아버지에게서 버림받는 것이 늘 두려웠습니다.

사람들이 내 존재 자체를 싫어할까 봐

어린 시절 친구들과의 관계도 두려웠습니다.

결혼해서도 남편이 나를 싫어하고 떠날까 두려웠고

내 어머니를 싫어할까 봐 두려웠습니다.

내일을 알 수 없는, 내일의 보장이 없는 보험 일을 하면서도 늘 두려웠습니다.

아이들과 노모를 책임져야 하는 가장의 자리가 힘들고,

지금의 내 삶을 유지하지 못할까 봐 두렵습니다.

죽을까 봐 두렵습니다. 여전히 존재하는 통증, 약을 먹어야만 통증으로부터 벗어날 수 있는 지금의 건강 상태는 저를 너무나 두렵게 합니다.

나는 두려움 덩어리입니다. 나의 기도를 들어 주세요.

함께 요단강을 건너 준 친구, 달팽이상담센터 J소장

강신주의 《감정 수업》이라는 책을 읽다 보면 '감정을 느끼고 감정을 편안하게 표현하는 삶이 행복한 삶'이라고 나와 있다.

나는 그때 모든 감정을 죽이고 정말 건조하게 살고 있었다. 아침에 눈을 뜨면 모든 감정을 죽이고 오늘 할 일만 생각했다. 법원에 불려 다니랴, 영업하랴, 몸을 열 개로 쪼개도 부족했다. 직업에 대한 자부심을 높이고, 삶에 대한 욕구와 자긍심을 높여도 매일 매일의 무게는 참으로 무거웠다.

그런데 이혼 문제가 해결되자 이번엔 아이들에게서 이상 징후가 보이기 시작했다. 위기감이 팽배했던 가정생활이 한 고비를 넘기자 새로운 고난이 시작된 것이다. 어리지만 저들 딴에는 아버지로부터 위협 당하는 엄마를 보고 있기가 힘들었는지 초등학교 5학년이던 큰아들에게서는 ADHD(주의력 결핍 과잉 행동 장애)가 보이기 시작했고, 초등학교 3학년인 작은아들에게서는 온몸의 혈관이 터지는 자반증이 보이기 시작했다. 작은아들을 피부과에 보냈더니 부작용으로 엄청나게 살이 찌기도 했다. 결국 두 아이는 상담 공부를 하고 있는 친구에게 도움을 받았다.

그 친구는 재판 과정에서 누명을 쓰고 힘들어 할 때도, 암 투병으로 지칠 때도 내 곁에서 손잡고 함께 울어 준 친구다.

그 친구가 올봄 내게 놀러왔다. 보고 싶다고 하자 바쁜 일정을 쪼개 달려온 것이다. 이야기를 나누던 중에 그 친구가 박사과정을 시작하는 문제로 고민하고 있다는 것을 알게 되었다. 몇 년 전에 친구의 석사과정을 지켜 보았던 나는 친구가 등록금 걱정을 하고 있다는 걸 짐작할 수 있었다. 석사과정 당시 나는 기쁜 마음으로 등록금의 일부인 100만 원을 내주었고, 돌발적인 내 행동에 놀란 친구 남편도 우리의 우정을 칭찬하며 아내의 석사과정을 지원해 주었었다.

친구는 경제 사정도 좋지 않은데 박사과정까지 욕심내는 자신이 너무 이기적인 것 같다며 고민하는 것이었다.

"○○아, 꼭 박사과정 마쳐. 그런 뜻에서 내가 첫 번째 등록금을 내주고 싶어. 그런데 내가 그냥 주면 네가 부담스러울 거잖아. 네가 생각했을 때 내게 가장 필요한 것이 무엇인지 그걸 나한테 가르쳐 줘. 난 그 수업료를 낸 것으로 생각할게."

그 뒤 3개월 동안 매주 화요일마다 친구가 운영하는 상담소를 방문했다. 오전 10시부터 오후 5시까지 진행된 상담을 통해 나의 상처뿐만 아니라 다른 사람들의 상처도 이해하게 되었다. 친구와 함께했던 시간은 치유와 희망의 싹을 틔우는 시간이었다. 나는 그녀에게 등록금 300만 원을 주었을 뿐이지만 그녀는 나에게 그보다 훨씬 더 많은 상담료를 면제해 준 셈이다.

그러던 어느 날 친구가 넌지시 이야기를 꺼냈다.

"곁에서 지켜본 넌 배움에 대한 갈망이 있어. 그런데 왜 정작 네 자신은 배우지 않고 자꾸 남만 도와주니? 너도 공부를 시작해 봐."

내가 대학원 진학을 도와준 이가 한 명 더 있다는 걸 알고 친구가 꺼낸 말이었다. 그때까지 나는 공부를 해 볼 생각은 한 번도 하지 않았다. 여상에 진학할 때 이미 배움에 대한 꿈을 접었던 것 같다.

뜻밖에 친구가 던진 말은 내게 큰 울림을 주었다. 해 볼까? 새로운 도전에 대한 설렘과 배움에 대한 의지가 꾸역꾸역 목을 타고 올라왔다.

결국 용기를 낸 나는 2014학년도 2학기 숭실사이버대학교 심리상담과에 입학했다. 오리엔테이션을 다녀오고 나서 비전 보드의 내용도 바꿨다.

'2024년 심리상담학 박사 장진희'

뿌듯했다.

비전 보드에는 또 하니의 꿈이 적혀 있다. 강의실을 지어 일부 공간을 쓰고 있는 허브랜드에 힐링센터를 건립하는 것이다. 그리고 그 힐링센터의 교장 선생님이 되는 것. 그것이 10년 뒤 내가 이루고 싶은 꿈과 비전이다.

나를 진심으로 아껴 주는 친구의 다정한 한마디의 말. 그 말에 나의 비전이 바뀌었다. 한때 '나는 왜 이렇게 인복이 없을까?' 하고 속상해 한 적도 있다. 하지만 이제는 안다. 그 사람들을 거쳤기에 곁에 온 이 친구의 가치를 알아볼 수 있었다는 것을. 형제가 없는 내게 친자매처럼 곁을 주고, 온갖 스트레스와 트라우마로 불안한 정서를 지닌 내게 편안한 안식처가 되어 주는 상담 전문가 친구. 지금 그녀가 곁에 있어서 참 좋다.

가슴 먹먹한 이름, 어머니

어머니를 빼고는 내 이야기를 할 수가 없다. 나를 이 세상에 태어나도록 해 주신 분. 무심한 아버지와 혹독한 세상으로부터 날 이만큼 지켜 준 사람. 혈혈단신 혼자서 어린 딸을 데리고 팍팍한 서울살이를 하려니 그 삶이 얼마나 고되고 불안했을지 감히 짐작조차 할 수가 없다.

내가 어릴 때 엄마는 요정에 김밥 납품하는 일을 하셨다. 요정이 영업을 시작할 저녁 시간에 맞추어 종업원들이 먹을 김밥을 싸서 배달하는 일이었다. 엄마는 어린 나를 혼자 방에 두고 나가 김밥을 배달하고 오셨다. 때로는 이웃집에서 나를 잠깐씩 봐 주기도 했지만, 보통은 방에 혼자 덩그러니 남겨져 있었다고 한다.

그래서 그런지 나는 어렸을 때 유난히 엄마만 쫓아다녔다고 했다. 엄마가 화장실에만 가도 쫓아갔다고 한다. 젖도 네 살이 넘도록 안 떼려고 해서 아주 쓴 약을 발라서 강제로 떼었다고 한다.

시장에서 장을 볼 때도 귀찮게 따라다니며 힘들게 했다고 한다. 마음이 아프지만 엄마는 내 버릇을 고치겠다고 단단히 마음먹고는 배추가 썩어서 푹푹 빠지는 곳으로 데려가 하루 종일 끌고 다니셨다고 했다. 다행히 그 뒤로는 따라가지 않고 "맛있는 거 사 와~" 하며 집에 남아 있었다고 한다.

아빠가 없으니 엄마가 더 필요한데 엄마는 일을 나가야 했으니 우리 둘의 실랑이는 끊일 날이 없었던 것이다. 그때부터 기다림이 싫어진 것 같다.

지금도 엄마는 뭔가를 싸서 냉동실 가득 꽁꽁 얼려 놓으신다. 아끼고 비축하고 대비하는 자세가 젊은 날 엄마를 지켜 온 큰 힘이었다는 걸 안다. 하지만 가난의 흔적을 엄마에게서 보는 것이 힘들다.

엄마는 충성스러운 분이시다. 주어진 역할은 해내고 마는 사람이다. 그리고 에너지를 많이 갖고 계시다. 그런 좋은 점을 내게 물려주신 어머니지만 난 엄마를 살갑게 대하지 못한다. 참으로 퉁명스러운 딸이다. 성인이 될 때까지 모녀 단둘이서 지냈으니 사이가 좋았을 것이라고들 생각하지만 우리는 그렇지 않다. 어려서 떨어져 살다가 초등학교 5학년이 되어 함께 살게 된 엄마는 낯설었다. 처음에는 어색해서 존댓말을 했던 기억이 난다.

어려서는 낯설었고, 커서는 엄마에게서 내 상처를 보는 게 힘들다. 내 안에 그림자로 남아 있는 어두운 면을 엄마를 통해서 확인받는 것 같아 괴롭다.

그래도 몇 년 전부터는 노력하자고 마음먹고 엄마 생신날이 되면 "사랑해."라고 하면서 꼭 안아드린다. 처음 그렇게 했던 생신날, 엄마가 "고마워." 하면서 밝게 웃으셨다. 이게 뭐라고, 이걸 왜 못해 드렸나 싶다. 엄마가 밝아지니 나도 행복해졌다. 하지만 여전히 나는 잘 표현하지 못하는 딸이다. 이러다 나중에 크게 후회하게 되지 않을까 겁도 난다. 2년 전에는 한밤중에 자다가 엄마가 임종하는 꿈을 꾸고 놀라서 엄마 방으로 뛰어간 적도 있다.

엄마는 출근하는 내게 항상 "사람 조심", "차 조심" 하시며 인사를 건넨다. 불안감 가득한 엄마를 보기가 힘들어서 "엄마, 제발 그러지 마. 그렇게 인사하지 마. 그냥 오늘도 '파이팅, 다 잘될 거야.' 하면서 긍정적인 말씀만 해 주세요." 했는데도 엄마는 그게 잘 안 되시는 모양이다.

엄마가 왜 그러시는지 안다. 엄마에게 나는 딸이자 남편이고 가장이다. 그러니 염려가 가득한 거다. 내가 아프면 당신이 더 아프다. 암 수술 날짜가 잡혔을 때도 엄마의 걱정이 부담스러워 수술대 오르기 직전에야 말씀을 드렸다.

지금도 엄마는 불안감을 차곡차곡 쌓아 놓으신다. 그래서 나는 한숨이 나온다.

어머니는 나의 또 다른 모습이라는 걸 알고 있다. 채워지지 않는 어떤 것을 바라보고 있는 모습이나 어떤 상황에서도 살아 내는 강력한 에너지 면에서는 어머니와 내가 무척 닮아 있다. 화려하게 스포트라이트를 받는 이면에 엄마처럼 발을 동동 구르며 사는 모습이 있다. 엄마에게서 내 그림자를 보는 것이 괴로워 외면하고 싶을 때가 많다. 남들 앞에서는 건강하고 당당하고 강해 보이지만, 안을 들여다보면 내 안에도 어머니처럼 딱한 부분이 있다. 불안해 하고 조급해 하는 모습. 엄마의 모습이자 내 모습이다.

얼마 전 영화《그래비티》를 보면서 눈물을 흘렸다. 영화가 끝나갈 즈음 주인공이 바다에 불시착해서 땅을 딛고 섰을 때 종아리 뒤의 아킬레스건이 눈에 뚜렷이 들어왔다. 휘청대고 비틀거리면서도 일어서는 모습이 인상적이었다. 꼭 나를 보는 것 같았다. 막막한 우주 어딘가에 불시착하고 거기서 살아남으려고 비틀대며 일어나는 모습이 내 삶과 닮아 있었다. 내 인생을 공감 받은 것 같았다.

〈에피소드 6〉 토큰

피해의식인지 나는 부자에 대해 좋지 않은 이미지를 갖고 있었다. 왠지 이기적이고 인색할 거라는 편견.

고등학교 2학년 때인가, 영어 공부를 하고 싶어서 아버지를 찾아간 적이 있었다. 민병철 영어회화 테이프를 사 달라고 부탁하기 위해서였다. 하지만 아버지는 함께 살고 있는 분의 눈치가 보였는지 바로 돈을 주지 않으시고 큰아버지를 찾아가라고 하셨다.

그래서 처음으로 홍은동 큰아버지 댁을 찾아갔다. 당시 세무사였던 큰아버지 댁은 여유가 넘치는 부잣집이었다. 큰아버지 댁에 들어서는데 엄마와 내가 살고 있는 단칸방이 떠오르며 마음이 추워졌다. 아버지가 내 몫으로 맡겨 놓은 돈을 받은 뒤 저녁을 먹고 나오는데 큰어머니가 밖에까지 나를 쫓아 나오시면서 건네는 게 있었다. 토큰 한 개. 정말 차비만 주신 거였다. 내 아버지가 맡겨 놓은 돈을 받으러 간 것이었는데도 서운함과 수치심이 일었다. 마음속에 또 한 번 부자에 대한 왜곡된 생각이 일어났다. '부자는 인색해'. '부자는 인정머리가 없어.'

나중에 라이프 코칭 과정을 하면서 편견과 상처 때문에 스스로를 망치고 있다는 걸 알았다. 코치가 내게 말했다.

"진희 씨가 부자를 좋아하지 않는데 부자들이 진희 씨를 좋아할까요?"

맞다. 내가 먼저 마음을 열어야 다가갈 수 있는 것이다. 난 즉시 비전 보드에 썼다.

"부자는 내게 존경과 이해의 대상이다. 부자는 내게 용기와 신뢰를 주는 대상이다."

그러면서 나는 성장했다. 부자에 대한 생각도 바뀌었고 이제는 고액 계약도 척척 한다.

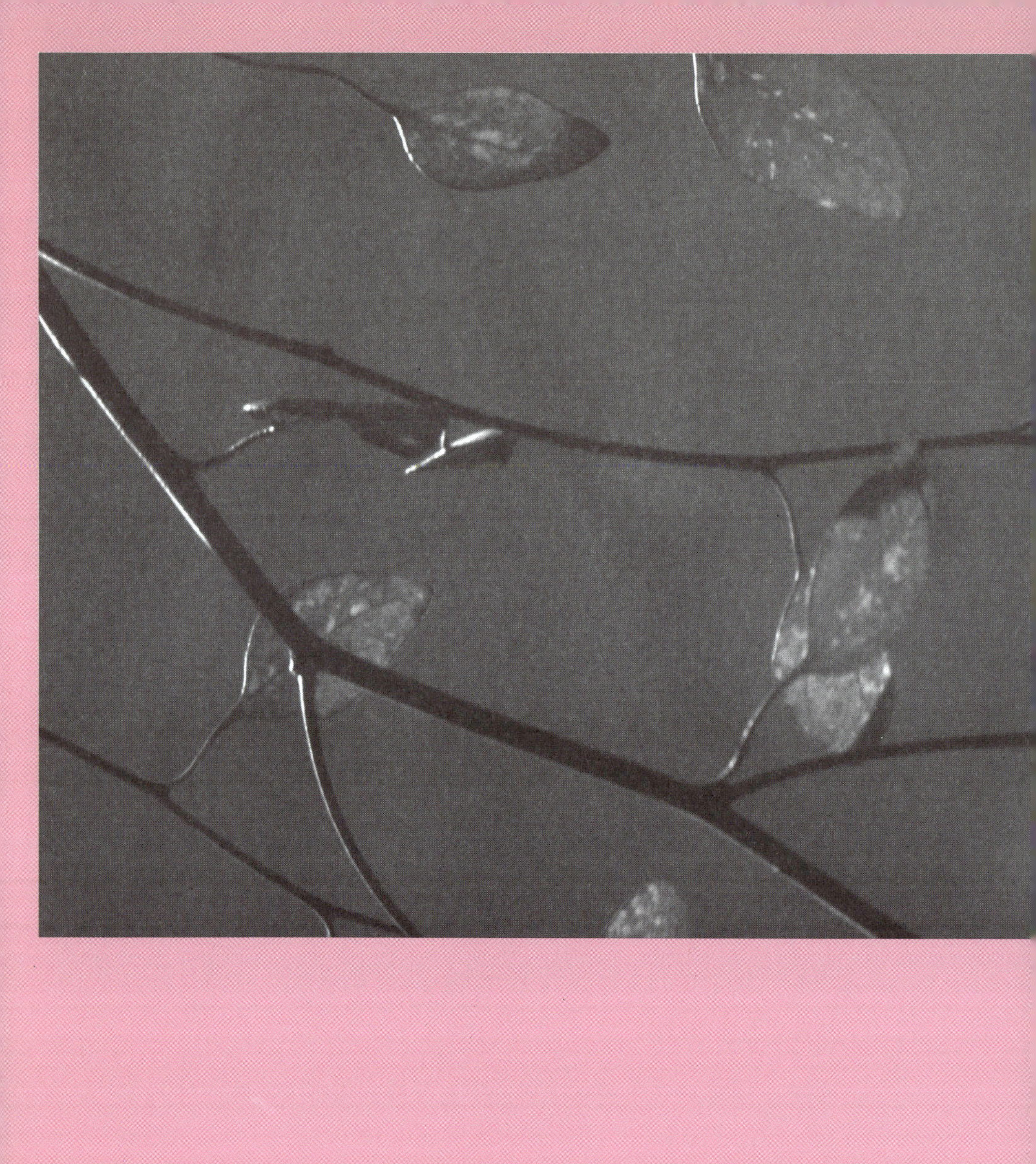

Part 6

연어가 되기를 꿈꾸다

어릴 적 꿈은 선생님

나의 어릴 적 꿈은 선생님이다. 하지만 경제적 현실 때문에 실업계 고등학교에 진학할 수밖에 없었다.

보험 설계사로 일하는 동안 앞에 나가 사례를 발표할 기회가 여러 번 있었다. 그때마다 청중들은 "전달력이 뛰어나다.", "장진희 씨 강의는 귀에 쏙쏙 들어온다."라며 칭찬을 해 주었다. 사람들에게 내가 알고 있는 것을 나누면 마음이 차 오르는 느낌이었다.

무대에 설 기회가 있으면 주저하거나 물러서지 않았다. 연단에 서서 말하는 것이 참 좋았다. 또한 후배들에게 내 노하우를 아낌없이 전하는 것도 좋았다. 좌절하고 실의에 차 있던 후배들이 용기와 희망을 갖는 걸 보면서 내 안의 열정이 일어나는 것을 느낄 수 있었다.

사내에서 사례 발표를 하던 내가 업계 최고 대우를 받는 강사가 되기까지는 엄청난 도전과 노력이 필요했다. 파워포인트가 뭔지도 모르면서 그림을 그리고, 이야기를 적으면서 혼자 강의안을 만들었다. 그리고 강의하는 모습을 핸드폰으로 찍어서 동영상으로 보여주었다. 가수 지망생이 기획사에 데모 테이프를 보내듯, 강의를 하고 싶다고 동영상을 보냈던 것이다.

물론 처음에는 보기 좋게 거절당했다. 하지만 예측할 수 없는 인생은 고통과 시련 뒤에 더 빛나는 자리를 예약해 두었다. 처절했던 암 투병이 끝나 갈 즈음, 강의를 요청하는 연락이 온 것이다. 강의안은 이미 준비되어 있었고, 거기에 암 투병의 경험이 더해지니 누구도 흉내 낼 수 없는 독특한 강의가 되었다. 거친 파도와 폭풍우를 이겨내고 강을 거슬러 오른 연어가 고향 냇물에서 평온하게 몸을 풀듯이 나의 강의는 뜨거운 호응과 박수 속에 발걸음을 내디뎠다.

사람들은 강의를 듣자마자 달려와 '용기와 희망을 얻게 되었다'라고 하면서 감사 인사를 연발했다.

"보험을 팔 에너지가 생겼어요."

"내 아픔은 아픔도 아니구나 하고 느꼈어요. 다시 열심히 살아볼래요." 등등.

강의를 하면 자존감이 상승하고 희망의 에너지가 생긴다.

'꿈은 이루어지는 것이구나. 먼 길을 돌아 어렵게 마주하게 되었지만 하늘은 내 꿈을 잊지 않았구나.'

그래서 나는 강물을 거슬러 오르는 연어처럼 늘 힘차게 즐겁게 강의를 준비한다.

'좋은 습관'이라는 훌륭한 하인을 두신 듯하여 부럽습니다.
공부하는 습관, 메모하는 습관, 고객을 사랑하고 승화시키는 습관……
어머님과 다정하게 식사하는 모습, 아름다웠습니다.
건강 잃지 마시고 늘 건강한 모습으로 지내시길 기원 드립니다. 수고하
셨습니다.
― ○○화재 2012년도 SSU 상반기 소향무적반 박**

장진희 님!
실감화법 트레이닝 책의 첫 장을 열며 이미 저는 팬이 되어 버렸습니
다. 9년차인 저 역시, 계약과 동시에 감사 편지로 영업을 하는 까닭입
니다.
그러나 이내 반성했습니다. 형식적인 멘트, 늘 하던 문구로 고객을 대
했기 때문이죠.
좋았습니다. 지금까지 받았던 그 어떤 강의보다 현실적이고 내 몸에 딱
맞는 옷처럼…… 정말 감동적인 훌륭한 강의였습니다.
사랑하고 축복합니다.

요즘 들어 나의 영업 방식에 무슨 문제가 있나? 아님 뭔가 잘못되었
나? 새로운 돌파구를 찾아야겠다는 생각을 하고 있던 찰나 장진희 님
의 강의를 듣고 정말 놀라웠습니다. 많은 노력과 연습을 하셨겠죠. 경
이로운 지식력 또한 놀라웠습니다.
정말 반가웠고 감사했어요.
― 김**

책과 친구가 되다

2008년이 되자 우울증이 찾아왔다. 소송 관련 일이 어느 정도 해결되고 있었기에 긴장이 풀리는 시점이었다. 온몸의 기운이 다 빠지는 듯했고 뭘 해도 마음이 허전하게 느껴졌다. 무기력해진 삶에서 열정이 빠져나가고 허망했다.

삶의 의욕을 되찾기 위해 라이프 코칭 공부를 시작했다. 그런 내 모습을 보고 김회권 목사님은 '최악의 상태에서 최선을 끌어내는 힘이 있다.'라고 격려해 주셨다.

하지만 문제는 밤이었다. 마음에 상처가 많아서인지 밤에 잠을 자기가 어려웠다. 약에 의존하는 것에도 한계가 있었다. 이런저런 수면법을 찾던 중 문득 책만 읽으면 졸렸던 기억이 나서 책을 읽었다. 하지만 불면증이 심해서인지 잠은 오지 않고 머리만 멍했다.

사실 나는 흥부 놀부 같은 고전 동화는커녕 책을 읽는 훈련조차 되어 있지 않았다. 그래도 무작정 읽기 시작했다. 책 한 권을 떼는 게 너무 힘들어서 낱장 복사를 해서 읽기도 했다. 처음 매력을 느낀 책은《잠들기 전 10분이 당신의 인생을 좌우한다》라는 작은 책이었다. 여러 책에 등장하는 좋은 글들을 모아 놓은 것이었는데, 그 책 속의 글귀가 내 마음에 확 와 닿았다. 그 수려한 문장에 매력을 느끼기 시작한 것이다. 나는 지금도 멋진 문장을 써 붙여 놓고 곱씹는 습관이 있다.

나중엔 책을 더 오랫동안 읽기 위해 독서대를 사고, 기억하고 싶어서 밑줄을 치고, 포스트잇을 붙이고 요점 정리를 하고 위로가 되는 말을 외우면서 나만의 독서 방법을 만들어 갔다. 책을 읽다가 잠이 오면 침대로 쏙들어가 잠을 청했다. 그렇게 조금씩 잠을 잤다.

밑줄과 포스트잇을 이용하여 표시한 인상 깊은 구절들은 지하철을 탈 때 다시 한 번 읽는다. 따로 노트에 적어 두었다가 읽고 또 읽으며 마음에 새겼다. 책 속의 좋은 글귀들은 읽으면 읽을수록 따뜻한 격려로, 무한한 응원으로 마음에 와 닿았다. 그러기를 몇 년, 어느새 나는 책과 친구가 되었고, 그 책들이 나를 치료하기 시작했다.

독서를 통해 스스로 터득한 학습 능력은 수많은 강의안을 짜는 데도 큰 도움이 되었다. 사례 발표로 시작된 강사로서의 삶. 나는 나의 판매 패턴들을 구조화하여 6시간짜리 강의를 3콘텐츠로 18시간 할 수 있도록 구성해 놓았다.

내가 좋아하는 작가 중에 핸리 데이비드 소로Henry David Thoreau가 있다. 그는 '월든'이라는 호숫가에서 통나무집을 짓고 2년간 로빈슨 크루스처럼 글쓰기와 육체노동을 하면서 자족하는 삶을 살았고, 그 경험을 《월든》이라는 책으로 펴냈다. 그는 독서에 대해 이렇게 정의한다.

내가 플라톤의 이름을 듣고도 끝내 그의 저서를 읽지 않을 것인가? 그렇다면 그것은 플라톤이 바로 우리 마을 사람인데도 내가 그를 한 번도 만나 본 일이 없는 것과 무엇이 다를 것이며, 그가 바로 옆집 사람인데도 그의 말을 들어 보지 못하고 그 말의 예지에 귀를 기울이지 않는 것과 무엇이 다르겠는가. 그런데 실상은 어떠한가?
플라톤의 《대화편》은 그의 영원불멸한 지혜를 담은 책이며 바로 옆 책장에 놓여 있는데도 나는 그 책을 거의 들추지 않는다.

책을 읽는다는 것을 책을 쓴 사람의 인생을 만나는 것이다.
나의 서재에는 아프리카에 나무를 심어서 최초로 노벨상을 탄 나무들의 어머니 왕가리 마타이가 와 있다. 긴긴 수감 생활 동안 다져 놓은 인내와 성찰로 100만 독자의 마음을 울린 신영복 교수가 글과 그림으로 와 있다. 내가 가 보지 못한 세계의 지리를 배우며 마음의 공간을 확대해 보기도 하고, 조선시대 허 난설헌을 통해 시대가 바뀌어도 변하지 않는 예술혼과 현실의 괴리를 절감하기도 한다.
바빠서 책 읽을 시간이 없다고 하소연하는 분들께 나는 이렇게 말한다.

"독서는 틈날 때 하는 게 아니라 약속 시간을 잡듯 시간을 내야 합니다. 왜냐면 작가 또는 책 속의 인물과 만나서 대화를 나누는 시간이기 때문이지요."

예를 들어 내가 김 훈 작가의 《칼의 노래》를 읽으면 나는 이순신 장군과 3시간을 약속한 것이다. 에스티 로더의 전기를 읽는다면 에스티 로더를 만나 그(녀)의 순발력 있는 마케팅 전략을 듣고 있는 것이다. 그래서 독서 시간은 일부러 할애할 필요가 있다.

처음엔 책만 펼치면 잠이 오기도 했고, 하필이면 꼭 그때 전화할 데가 생각나기도 해서, 책을 펼치는 동시에 여기저기 전화를 걸어 대기도 했다. 읽으시는 독자 중에도 나와 비슷한 경험을 하신 분들이 있으실 것 같다.

내가 책 속의 인물 앞에 직접 앉아 있었다면 전화를 여기저기 걸어 댈 수 있었을까? 미리 휴대 전화를 꺼 놓고, 반듯하게 허리를 펴고 앉아 상대방의 눈을 응시하고, 귀를 활짝 열어 작은 말 한 마디도 놓치지 않으려고 했을 것이다. '위대한 인물을 온전히 만나는 시간'을 누리기 위해 나는 책을 펼치고 휴대 전화 벨소리를 낮춘다.

지금도 안방에는 나만의 예쁜 책상이 있다. 학창 시절 내내 책상을 가져 보지 못한 내 로망의 상징이다. 그 책상에서 지금까지 600

책을 읽는다는 것은 책을 쓴 사람의 인생을 만나는 것이다.

안방에 자라잡은 책상. 내 로망의 상징인 그 자리에서 600여 권의 책을 읽었다.

여 권의 책을 읽었다. 집과 사무실 책상에 붙여 놓은 비전 보드에
도, 화장실 거울에도 좋은 구절들을 써서 주욱 붙여 놓고 볼 때마다
되뇌었다. 누가 알려 준 방법이 아니라, 기억하고 싶고 되새기고 싶
어서 시작한 '스스로 학습법'이었다. 아마 학창 시절 인문계 고등학
교에 진학했다면 상당히 우수한 학생이 되지 않았을까 하는 생각
이 든다.

데이비드 홉킨스David R. Hawkins의 《의식혁명》, 폴 투르니에의
《인간의 자리》, 함석헌의 《뜻으로 본 한국 역사》, 신영복 선생님의
《처음처럼》·《더불어 숲》, 김회권 목사님의 《청년설교》 등은 지금
도 인상 깊게 남아 있다. 내면을 성찰할 수 있는 책들이 나를 깨어
나게 했다.

그런 나를 두고 김회권 목사님은 내가 보험 설계사가 되지 않았
으면 학자가 되었을 거라고 하셨고, 다른 박사 한 분은 놀라운 학
습 능력을 지녔다고 말씀해 주셨다. 잘 모르는 얘기가 나온 뒤에는
반드시 공부해서 요점 정리까지 해 오니 못 말리겠다고 하셨다.

책을 읽다가 책 속에서 뭔가 새로운 것을 얻으면 몹시 흥분된다.
쾌감이 느껴져서 마음이 든든하고 행복해지는 것이다. 책을 읽으면
서 몰랐던 것을 깨닫고, 책 속의 좋은 내용을 내가 하는 일에 적용
할 수 있을 때 정말 기쁘게 느껴진다. 책을 읽으면서 나는 성장하는
것이다. 이게 바로 내가 독서를 좋아하는 이유다.

Part 7

연어처럼 진주처럼

유언장을 쓰다

"인간은 빵만 먹고 사는 존재가 아니다. 의미와 책임감과 사명감 등을 연료로 태우며 달려가는 기관차와 같다."

언젠가 목사님이 하신 말씀이다. 그런 말들은 나에게 자기반성과 성찰을 하도록 자극했다. 그리고 다시 내 삶을 곧추세우고 정체성을 찾아가는 데 중요한 메시지가 되었다.

내가 짊어져야 하는 책임에 대한 자각은 앞으로 살아가야 하는 삶에 대한 성찰까지 유도했다.

'어떻게 해야만 다시 당당하게 기쁜 마음으로 보험 영업을 할 수 있을까?'

나는 고민하고 또 했다. 재판이 끝날 때쯤 '보험은 세상을 아름답게 하는 사랑이고, 나는 그 사랑을 실천하도록 돕는 사회 운동가'라는 정체성을 가질 수 있게 되었다. 재판에서 이겨야 하고, 가정을 지켜야 하고, 어떻게든 생업을 유지해야 한다는 근시안적인 생각에서 벗어나게 된 시점이었다. 새롭게 정립된 인생관은 재판이 끝난 뒤 밀려온 허무함을 이겨 낼 수 있는 힘이 되었다.

그렇다면 그 실천으로 나는 무엇을 해야 할까? 당장 할 수 있는 일이 무엇일까 고민하니 '장기 기증'이라는 답이 나왔다. 그래서 2008년 3월 28일, 장기 기증 결심을 하고 더불어 유언장을 썼다. 생각만 하면 위선자 같았고 뭔가 행동으로 옮겨 나의 생각을 확정 지을 수 있는 실천적 약속이 필요했다. 5년의 시간을 통해 재판에 끌려다니며 감정이 황폐해지기만 한 것이 아니라 한 단계 더 성장한 것이다. 생각이 이렇게 바뀐 덕분인지 그해 연봉 2억 4천을 달성했다. 마침내 그 누구도 상상하지 못했던 화려한 재기를 한 것이다.

그리고 무엇보다도 중요한 것은, 자녀에게 돈으로는 살 수 없는 위대한 가치를 남겨 줄 수 있다는 점이었다. 엄마의 죽음에 직면하여 엄마의 뜻을 기리며 기부금을 전달하는 아들. 생각만 해도 감사한 일이 아닐 수 없다. 엄마의 마음을 생각하면 남겨진 아들은 외롭지도 허전하지도 않을 것이다.

유언장과 장기 기증에 대한 이야기를 들었을 때 아들은 좀 놀라는 눈치였다. 하지만 시간이 지나자 아들도 엄마의 뜻을 이해하는 듯했다.

큰아들이 군대 훈련소에 있었을 때의 이야기다.

헌혈을 하고 초코파이 2개를 받아 먹었는데 정말 맛있었다고 했다. 그런데 장기 기증 서류에 사인을 하면 3개를 더 받을 수 있더란

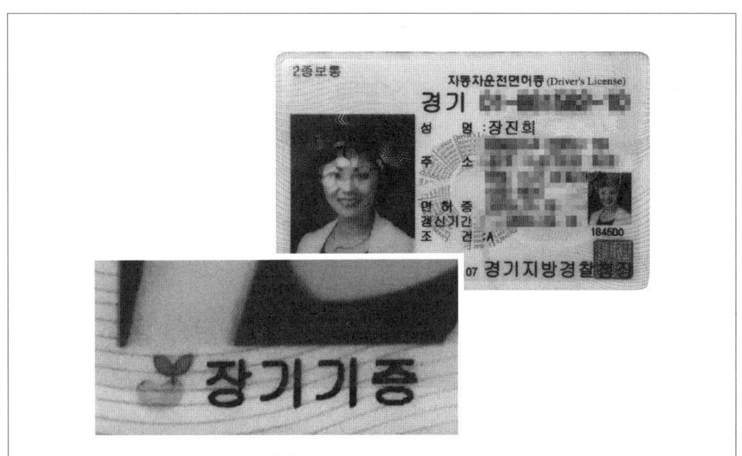

장기 기증 의사를 표시한 신분증

지금까지 보험인으로 오랜 세월 일하면서 가족 사랑을 실천해왔고 이제는 좀더 나아가 사회 사랑까지 보험이라는 아름다운 제도를 통해서 실천하고 싶구나.
그래서 큰 마음을 먹고 보험을 새로 하나 가입하게 되었다.

우리 주용이가 계약자이고 수익자로 되어있는 고보생명 증권번호(208037021564)인 5천 만원의 변액 종신 보험을 루게릭병 환자들을 후원하는 한국 ALS협회에 기부해주기를 부탁한다.

왜냐하면, 이 엄마 또한 오랜 세월 만성근육통증으로 아픔을 겪고 있기 때문에 그들을 돕고 싶다는 마음이 간절히 들었기 때문이다.

유언장 일부. 종신보험은 일종의 기부 보험의 형태를 띠도록 한 것이다. 아들은 유언장에 적힌 대로 엄마를 생각하며 보험금을 기부하게 될 것이다.

다. 엄마의 장기 기증에 관한 이야기를 듣고 언젠가 자신도 장기 기증을 하겠다는 생각을 품고 있었던 터라 망설임 없이 사인을 하고는 초코파이 3개를 받아 신나게 먹었다고 했다. 대수롭지 않은 일이라는 듯 말하는 아들의 얼굴에는 뿌듯함이 배어 나왔다. 툭 내뱉은 말이지만 진지하게 고민했을 그 마음이 느껴졌다. 보험금을 손에 쥐어 주지도, 아직 장기 기증이나 기부를 실행하지도 않았지만, 이미 아들은 큰 유산을 물려받은 듯하다.

"잘했어. 아들!"

아들을 칭찬하는 말은 내 자신에게 하는 말이었다.

"잘했어, 장진희!"

여담으로, 현재는 유언장을 모두 거두어들인 상태다. 아들들에게 하는 것 봐서 물려줄 예정이라는 엄포 또한 빠뜨리지 않고 전한 바 있다.

위대한 유산

내 개인사를 솔직하게 드러내는 이유가 여기에 있다.

세상에는 좋은 뉴스보다 타인에 대한 비판과 안타까움을 토해

내는 이야기가 훨씬 많다. 주위에 아랑곳하지 않고 자기 스스로 사랑을 실천하며 사는 이들은 많지 많다. 하지만 생각해 보면 사랑을 실천하는 일은 그리 어려운 것이 아니다.

여러 가지 방법이 있겠지만 나는 보험인답게 말하겠다.

각자 자신이 가입한 보험의 일부라도 유언장을 써서 모교나 단체에 기부하면 된다. 이런 문화가 형성되면 30년, 40년 뒤에는 많은 단체들이 풍요로워질 것이다. 반값등록금을 위해 투쟁하지 않아도 대학 재정이 좋아질 것이고, 복지원이나 고아원의 비리도 줄어들 것이다. 이런 생각은 실천하는 이들을 더 강하게 만들어 주고 행복하게 만들어 줄 것이다. 나의 경우가 그랬다. 유언장을 완성하면서 나는 재기에 성공했다. 쓰러졌던 자리에서 다시 생명을 움트게 했으며, 일어설 에너지를 얻었다.

자녀가 실천하지 않으면 기부는 발생하지 않을 수도 있다. 하지만 자녀에게도 미리 말해 두고 엄마의 뜻을 지켜 주기를 소원한다면 대부분의 자녀들은 유언장을 따를 것이다.

우리나라 사람은 누구나 한 가지 이상의 보험에 가입되어 있다. 그러니 그 보험을 통해 사회 공헌의 길을 찾아보는 건 어떨까. 보험을 통한 사회 공헌은 누구나 힘들이지 않고 실천할 수 있는 기분 좋은 유산 상속임에 틀림없다.

기발한 노후 대책

장진희식 노후 준비를 소개해 드리겠다.

이제는 100세 시대. '오래 사는 위험'에 처해 있는 시대다. 고민이 많은 중·장년층에게 나의 노후 준비 방법을 살짝 공개한다.

자식들에게 집을 물려주기보다는 역모기지론으로 주택을 쓰고 집값만큼 종신보험을 드는 것이 더 좋다. 집값이 5억 원이면 5억 원짜리 생명보험을 드는 것이다. 그러면 사망 시 집은 은행이 가져갈 것이고, 5억 원의 생명보험금이 나오게 된다. 집은 마음대로 팔리지도 않거니와, 자녀들 사이에 분쟁이 생기기 쉽다. 세금 문제도 있다. 하지만 생명보험금은 형제가 나누어 갖기에 매우 합리적이다.

가장 중요한 사항은, 종신보험 5억 원짜리에는 5억 원이 다 들어가지 않는다는 점이다. 나도 5억 원짜리 종신보험을 들었다. 하지만 나의 실납입 금액은 2억 2,000만 원이다. 이론상, 빨리 사망할수록 수익률이 높아지고, 오래오래 살아도 200%의 수익률이 보장된다. 저금리 시대에 이 얼마나 훌륭한 노후 대책인가.

살던 집을 유산으로 물려주면 자식들에게 큰 울림을 주기 어렵다. 으레 그러려니 할 자식들이 더 많다. 하지만 보험은 느낌이 다

르다. 거기에 삶의 지침이 될 수 있는 기부금 관련 유언장까지 첨부
된다면 부모의 죽음이 좀 더 다른 의미로 해석될 수 있을 것이라고
생각한다. 또 장기 기증까지 부탁해 놓는다면 자녀들은 부모의 뜻
을 오래도록 기억하게 될 것이다. 노후 준비를 생각하고 있는 분들
에게는 꼭 '경제적인 유산'뿐만 아니라 '정신적인 유산'까지 함께
준비하라고 말씀드리고 싶다.

〈에피소드 7〉 트라우마

나는 늘 죽음에 대한 공포를 지니고 살아왔다.

엄마가 요정에 김밥을 나르던 어린 시절, 혼자 있던 방 안으로 연
탄가스가 들어왔다. 입술이 파랗게 변하며 생사의 갈림길에 놓였
던 경험 이후, 죽음은 실체로서 내 곁을 맴돌기 시작했다. 좀 더
자랐을 때 연탄과 석유난로를 켜 놓은 부엌에서 목욕을 하다가
또 한 번 삶의 끈을 놓을 뻔했다.

이모 집에 살 때의 기억도 있다. 나와 함께 자주 놀았던 옆집 언
니가 무너진 담벼락에 깔려 갑자기 죽어 버렸다. 아이가 죽은 것
이라서 장례식도 없이 멍석에 돌돌 말아서 산에 묻었던 기억이
생생하다. 학교까지 10리 길 안에 그 언니가 묻힌 공동묘지가 있
었다. 그 옆을 매일 지나다니자니 어린 나이에 무섭고 섬뜩했다.
엄마도 없이 갑자기 시골에 남겨져 지내야 했던 여섯 살 여자아

이에게 시골의 깜깜한 밤은 엄청난 공포였다. 죽음을 알게 된 뒤로는 상여만 봐도 무섭게 느껴졌다.

보험 일을 시작한 뒤로는 늘 다치고 아프고 죽는 사람들의 이야기를 들어야 했다. 죽음에 대한 공포를 느끼며 살다 보니 고객들이 아프거나 돌아가셨을 때 병원 방문을 제대로 가지 못할 뿐만 아니라 '건강염려증'까지 생겼다.

암이 찾아오다

'이제 내 인생의 고난은 모두 끝났다.'라고 생각한 시점이었다. 법원에 불려 다닐 일도 없고, 두 아들은 잘 크고 있고, 보험 신규 계약을 소화하며 비교적 마음의 평화를 찾아가던 때였다.

그러던 2009년 10월 18일, 암을 선고 받았다. 유언장을 쓰고 1년 6개월 정도 지난 시점이었다. 인생의 이 기막힌 타이밍이라니!

암 수술 전날 큰아들에게 유언장을 건네주었다. 유언장을 받아 든 아들은 어찌할 바를 몰라 했다. 당시 아들은 19세. 세계적인 요리사가 되겠다는 꿈을 안고 유학을 준비하고 있던 중이었다.

사춘기 시절부터 암을 선고 받기 전까지, 인생의 담금질에 진저리를 쳤던 나는 죽고 싶다는 말을 자주 했다.

"하나님, 저 좀 데려가세요. 왜 저한테만 이러세요."

주위 사람들은 다 행복해 보이는데 나만 외롭고 힘든 것 같아 싫었다. 그런데 암을 선고 받으면서 알았다. 죽고 싶다는 말은 진심이 아님을. 만약 그동안 입에 달고 살았던, '죽고 싶다'라는 말이 사실이었다면 의사 선생님에게 나는 이렇게 말했어야 했다.

"선생님, 참 잘됐네요. 전 평소에 정말 죽고 싶었거든요. 이 상태로라면 제가 언제쯤 죽게 되는 건가요?"

근데 웬걸. 담담하기는커녕 울고불며 살려달라고 매달렸다. 비로소 철이 든 것이다.

평소에 죽고 싶다는 말은 결코 이런 식으로는 살고 싶지 않다는 말이었다. Why not me? 왜 나는 안 되는데?

행복해지고 싶다는 바람이었던 것이다. 암 선고를 받으니 태연할 수가 없었다. 결코 죽음을 바라던 사람의 행동이 아니었다.

그날 암 선고를 받고 병원 밖으로 나와 바라본 하늘을 기억한다. 얼마나 아름다운 가을이었는지. 아름다운 꽃과 나무, 꽃보다 더 아름다운 인간, 거룩한 우정, 매일 반복되는 노동마저도 신성하게 느껴졌다. 세상이 천국처럼 보였다.

마음속으로 하나님께 살려달라고 애원했던 기억이 난다.

어머니께는 차마 암에 걸렸다고 말씀드리지 못했다.

방에 돌아와 주위를 둘러보니 보험 설계사 생활 20년에 남은 것은 옷장을 가득 채운 옷과 구두, 가방이었다.

투병 생활과 함께 휴식기도 강세로 갖게 되있다. 열어덟 살에 여상을 졸업한 뒤로 한 번도 쉬지 않고 일 중독자처럼 살아온 나로서는 쉬는 것도 쉽지 않았다. 산 정상에서 계곡 아래로 추락해 버린 느낌이랄까.

하나님께도 원망의 말을 쏟아 냈다.

"내가 뭘 그리 잘못했나요? 태어난 것도, 결혼 생활이 어려워진 것도 내 잘못은 아니잖아요. 난 남편 앞에서도 하나님이 좋다고 했어요. 그래요. 사는 게 너무 힘들어서 잠시 돈 좀 쉽게 벌어 보려고 했어요. 그런데 그게 죽을 만큼 잘못한 건가요? 동료들 돈 찾아 주려고 제 딴에는 갖은 노력 다한 건데…… 이게 뭔가요? 왜 내게 이러세요? 암을…… 저더러 어쩌라는 건가요? 정말로 당신이 있긴 한 건가요?"

절망과 분노 속에서 허우적대는 내게, 친구가 심심한 위로를 건넸다.

"진희야, 이게 네가 넘어야 하는 마지막 산인 것 같다."

내 몸 중에서 가장 애착이 가는 부분이 여성성의 상징인 가슴이다. 보험 영업을 할수록 유방암 환자들이 많다는 걸 알게 되었고, 아는 만큼 가슴에 대한 걱정과 염려 또한 하게 되었다. 동료 언니가 유방암으로 한쪽 가슴을 도려내는 일을 겪을 때는 내 일처럼 마음이 아팠다. 대중목욕탕에서도 한쪽 가슴이 없는 이들을 보면 마치 내가 겪은 일처럼 무섭고 염려스러워지곤 했다. 다른 암은 다 걸려도 유방암만큼은 걸리지 않아야겠다는 생각을 하고 또 했다.

그만큼 관리도 철저히 했다. 2009년 4월에도 유방암 검사를 했다. 그때는 깨끗했는데 6개월 뒤에 암 선고가 내려진 것이다. 그것도 유방암이라니!!

의사는 흥분해서 당장에 조직 검사를 해야 한다고 했다. 최근에는 가슴에서 멍울이 발견되어도 대개 조직 검사를 하지 않고 맘모톰 검사를 한다. 기계 명칭이자 시술 명칭이기도 한 맘모톰은 회전 칼이 내장된 바늘을 검사 부위에 삽입하여 진공 장치로 빨아들인 뒤 절단하는 방법으로, 흉터도 거의 남지 않고, 당일 일상생활을 하는 데도 문제가 없다. 단 의료보험이 되지 않는다는 단점이 있긴 하다. 한 번 검사에 140만 원의 비용이 발생한다.

어쨌거나 맘모톰을 알고 있는 나로서는 왜 내게 조직 검사 결정이 내려졌는지 의아했다. 간호사에 물으니 돌아오는 대답이 기막혔다. 암일 확률이 5% 이하면 맘모톰을 하고, 암일 확률이 95% 이상이면 조직 검사를 한다는 거다. 어차피 비싼 돈을 들여 맘모톰을 했는데 암이 확실하면 또 수술을 해야 하니 바로 조직 검사를 하는 것이다. 경제적 부담을 줄이려는 병원 측의 배려이기도 했다.

그 말을 듣는 순간 가슴이 먹먹해지면서 낯익은 공포가 싸악 밀려왔다. 얼떨떨한 상태에서 조직 검사를 하는데 세상에! 부분 마취도 전혀 없이 바로 조직 검사를 하는 거다. 바늘인지 총알인지 모를 무엇이 살 속으로 훅 들어왔다. 갑자기 가슴에 터질 것 같은 통증이 밀려왔다. 그리고 4일 만에 급하게 받은 조직 검사 결과는 예상대로 '암'.

그날은 2009년 10월 18일이었다. 하늘은 하염없이 푸르고 맑고 아름다웠다. 전형적인 가을이었다.

암 진단을 받고 수술하기까지…… 암세포가 내 몸을 숙주 삼아 자라나는 느낌이 들어 잠을 잘 때도 공포를 이불처럼 덮고 잠이 들었다.

투병

주변 분들의 도움으로 암 진단 후 10일 만에 수술을 받고 투병 생활을 시작했다.

이전에 유방암을 앓았던 고객들의 사례를 보면, 유방암은 정말 피하고 싶은 암이었다. 여성호르몬을 억제하여 활성화시키지 않는 것이 유방암 치료의 내용이다. 그런데 여성호르몬이 줄어들면 폐경 때처럼 난소의 기능이 떨어지고 갱년기 증상이 하나둘씩 찾아온다. 한마디로 늙는 것이다.

유방암은 발병 원인에 따라 종류가 다양하다. 여성호르몬에 양성 반응을 보이는 암도 있고, 반응을 보이지 않는 암도 있다. 양성 반응을 보이지 않는 암일 경우는 여성호르몬 억제제를 먹지 않아도 된다. 늙지 않는다는 얘기다. 그런데 나는 여성호르몬에 강양성 반응을 보이는 암이었다. 여성호르몬에 매우 예민하고, 100% 여성호르몬의 영향으로 생긴 암이었다. 암에 걸린 것도 속상한데 노화까지 일찍 진행된다니 더더욱 억울했다. 하지만 불행 중 다행이라고, 주치의와 간호사가 원인이 확실한 암이라서 예후 또한 좋을 것이라고 위로해 주었다.

나는 만 43세에 여성호르몬 억제제 타목시펜을 먹어야만 했다.

생리가 끊기고, 밤에 자다가도 화장실을 2~3회씩 가야 하고, 불면
증과 우울증을 겪게 되고, 점막이 약해지고, 불안·탈모·요실금 등
의 노화 증상이 나타났다.

외롭고 힘들어 누군가에게 자꾸 기대고 싶은 마음도 들었지만
남자에 대한 기억이 좋지 않은 탓에 그저 빨리 할머니가 되었으면
좋겠다고 기도해 왔었다. 그런데 막상 노화를 경험해야 한다고 생
각하니 싫었다. 죽는 것도 싫고, 늙는 것도 싫었다. 나는 살기 위해
온갖 노력을 다하기 시작했다. 타목시펜도 열심히 먹었다.

보통 암이 1cm일 때도 전이되었을 확률은 50%다. 암을 1, 2, 3, 4
기로 나누는 방법은 여러 가지인데, 전이도 그중 하나다. 암이 자랐
지만 전이는 아직 진행되지 않은 상태를 1기라고 한다. 가까운 림
프절에 전이된 상태라면 2기, 조금 멀리 있는 림프절까지 전이되었
다면 3기, 다른 장기에까지 전이된 상태라면 4기라고 한다.

나는 1기로, 림프절로 전이되지 않은 상태였다. 이론대로라면 항
암 치료 대상자가 아니다. 암세포뿐만 아니라 정상 세포도 죽일 수
있는 항암 치료는 하지 않을 수만 있다면 하지 않는 게 좋다. 그런
데 나는 항암 치료를 네 번이나 해야 한다고 했다. 1cm가 넘은 암
환자들에게 적용하는 병원의 치료 시스템이라고 했다.

수술 후 정신을 차리고 내가 가장 먼저 한 행동은 가슴을 만져

본 것이었다. 다행히 유방이 남아 있었다. 그런데 유방을 잘라 내지 않고 암이 있는 환부만 도려냈기 때문에 이번엔 오른쪽 가슴 전체에 방사선 치료를 33회나 해야 한다고 했다.

방사선 치료 이후 내 오른쪽 가슴에서는 땀이 전혀 나지 않는다. 피부가 일종의 화상을 입은 상태라고 할 수 있다.

나중에 공부를 더 하고 보니 놀라운 사실이 숨어 있었다. 암은 보통 1*cm* 됐을 때가 발견할 수 있는 최소 사이즈다. 그 전에는 암이 있어도 현대 의학으로는 발견하기 어렵다. 피부암이나 갑상선 암처럼 피부 표면에 가까이 있는 암들은 1*cm* 이전에도 발견되는데 내 경우처럼 지방에 둘러싸여 있고 장기 안에 깊숙이 있는 암들은 ― 예를 들어 폐암·간암·대장암·췌장암 등 ― 1*cm* 크기가 되어야 발견할 수 있다. 그래서 암은 자라고 있지만 크기가 작아 발견되지 않는 시기를 '의학적 눈 먼 기간'이라고 부른다는 것도 알게 되었다. 독일의 의학 잡지에서 알게 된 의학 용어였다. 1*cm* 최소 사이즈에서 발견될 확률이 5%밖에 안 되는데, 유방암의 경우에는, 그 시기에도 전이되었을 확률이 50%라니 말도 안 되는 이야기였다.

1기라고 진단 받고 수술을 해도 혈관을 타고, 유선을 타고 흘러 몸의 어느 부위에 암세포가 퍼져 나갔는지 알 수 없는 일이었다. 더군다나 그게 또 1*cm*가 되기 전까지는 현대 의술로 알 수가 없다니 기가 막힐 노릇이었다. 그래서 어디에 남아 있을지 모를 암세포를 죽이기 위해 온몸에 항암 치료를 하는 것이었다. 1기는 결코 안심할 단계가 아니었던 것이다.

항암 치료

더 황당한 사실은, 항암제를 투약했다고 암세포가 완전히 사라지는 것은 결코 아니라는 점이다. 암세포가 영리하기 때문이란다.

항암제는 보통 암세포가 분열하는 주기에 맞춰서 투약한다. DNA가 분열하지 못하도록 주사하는 것이다. 유방암세포는 성장이 빠르다. 우리 몸의 세포 중에서 분열 주기가 빠른 머리카락이나 점막 세포와 성장 속도가 비슷하다. 그래서 3주에 1회씩 항암제를 맞아야 한다.

아침 9시에 병원에 가면 오후 3시가 되어서야 항암 치료가 끝난다. 다양한 암 환자 20여 명이 간이 침대에 일렬로 누워 있다. 1차로 수액을 맞고 항암제 투약 이전에 여러 가지 주사들을 먼저 맞는다. 대부분의 환자들은 그 주사가 어떤 주사인지도 모르고 맞는다.

나의 경우에는 보험회사에서 제공하는 헬스 케어 서비스를 받았다. 그래서 종양 전문 간호사가 옆에서 에스코트를 해 줬다. "이 주사는 호르몬제이기 때문에 가려울 수 있습니다. 10분 정도만 참으시면 돼요."라는 친절한 안내도 받았다. 정보가 있으니 마구 가려워져도 참을 수가 있었다. 또 "다음 주사를 맞으면 두통이 올 수 있으니 지금 미리 두통약 드세요." 하고 두통약도 챙겨 주었다.

그렇게 여러 번의 과정을 거치고 나면 마지막 순서로 15분 동안 홍시처럼 예쁜 색의 항암제를 맞는다. 하루 종일 맞은 여러 가지 주사들은 항암제의 효과를 높이기 위한 조치들이었다.

항암제는 빨리 주사해서 빨리 빼내야 한다. 항암제는 심장과 신장에 치명적인 악영향을 미치기 때문이다. 그래서 보통 항암제를 맞기 전 심장 초음파로 기능을 확인한다. 그리고 항암제를 다 맞고 나면 이뇨제를 놓는다. 그래서 항암제를 맞고 나면 쉴 새 없이 화장실을 가는데 3일간 항암제 색깔의 소변을 누게 된다. 첫 항암제 주사를 맞고 집에 온 날은 구역질이 계속 나서 몸을 웅크리고 있다가 겨우 잠이 들었다. 그런데 그날 밤 어처구니없게도 이부자리에 실례를 하고 말았다. 방광 기능이 마비되어 나도 모르게 일이 벌어진 것이었다. 창피하고 화가 나서 자다 말고 얼마나 울었는지 모른다.

항암 치료 후 3일간은 꼭 스테로이드제를 먹어야 한다. 항암제를 적으로 오해하고 공격하는 것을 방지하고자 먹는 약이다. 스테로이드제를 토하면 안 된다. 세 끼를 다 먹고 구토를 하지 않기 위해 구토 억제제도 먹어야 한다. 백혈병 환자들은 일반 암 환자들보다 스테로이드제를 더 강하게 먹는다. 백혈병 환자들의 얼굴이 달처럼 동그란 이유는 스테로이드제 때문이다. 잘 먹지도 못하는데 동그랗게 달처럼 되는 얼굴, '문 페이스Moonface'라고 부른다. 내 경우에도 치료 때문에 잘 먹지 못하는데 체중이 줄지 않아서 신기해 했던 기억이 난다. 이유는 스테로이드제 때문이었다.

첫 1주일간은 구토가 나오면서 속이 뒤집어진다. 암세포와 주기를 같이하는 세포들이 죽어 나가는 시기다. 머리카락 세포와 점막 세포가 대표적다. 이때 토하는 이유는 점막 세포가 약해지기 때문이고, 머리카락이 빠지는 건 머리카락 세포가 공격 당해 죽기 때문이다. 그러다가 2주차에는 면역이 확 떨어진다. 감염의 위험이 높은 시기다. 그렇게 2주가 지나면 컨디션이 조금 살아나 입맛도 살아난다. 그때는 열심히 먹어야 한다. 항암제를 맞고 나면 또 구토가 나므로 1주일간 부지런히 단백질을 먹어 두어야 한다. 그래야 백혈구 수치가 올라간다. 1주일 고통 당하고, 1주일은 돌아다니지 못하고, 1주일은 열심히 먹어 그 다음을 준비한다.

나는 드라마나 영화를 통해 보았던 암 환자들의 모습이 무서웠다. 변기통을 붙잡고 토악질을 하고 머리카락이 뭉텅이로 빠지는 상상만으로도 공포스러웠다. 그래서 항암 치료를 시작하기 전에 미용실에 가서 머리카락을 밀어 버렸다. 다만, 모자를 쓸 것에 대비해서 앞머리와 옆머리는 남겨 두었다. 그런데 2차 항암 치료 후 머리를 감고 보니 세숫대야에 까만 흑임자 깨 같은 것이 둥둥 떠 있는 게 아닌가. 이게 뭘까? 가만히 들여다보니 머리 뿌리가 빠진 것이었다. 스님들처럼 파르라니 예쁜 민머리가 되는 것이 아니라, 반짝거리는 대머리가 되는 것이었다.

외모만 달라지는 게 아니라 보온 효과도 떨어져서 잘 때도 모자를 써야 했다. 눈썹도 빠졌다. 이럴 줄 알았으면 문신이라도 해 놓을걸. 뿌리째 뽑힌 눈썹은 아이 펜슬로 그려도 부자연스러웠다. 슬픈 미소의 모나리자가 된 것이다.

하지만 생명력이란 정말 대단하다. 방사선 치료가 끝나자 머리카락이 다시 나기 시작했다. 마치 아기들의 머릿결처럼 곱실거리는 것이 참 예뻤다. 나는 그 머리로 강의를 다니기 시작했다. 보이시한 모습이 세련되고 신선해 보였는지 암 투병 사실을 모르는 동네 엄마들 중에는 멋지다고 말하는 사람도 있었다.

난소의 기능 가운데 하나는 체온 조절이다. 폐경이 되면 열이 올랐다 내렸다 하는 것도 난소의 기능이 약해지기 때문이다. 양쪽 난소가 없으면 보험사에서 50% 장애 등급을 매길 정도다.

강의하다가 온도가 조금만 올라도 얼굴이 빨갛게 부어올랐다. 아물지 않은 상처들에 대한 이야기를 꺼내려니 손이 부들부들 떨리곤 했다. 혼자 강의하면서 힘겨워 운 날이 몇날이던지……. 나의 리얼한 강의를 듣고 놀라서 보험에 더 가입했다가 1년이나 1년 6

생명력이란 정말 대단하다. 방사선 치료가 끝나자 아기의 머릿결처럼 곱실거리는 머리카락이
나기 시작했다.

개월 만에 암이 발견되어 도움을 받은 사람도 여럿이다.

"저는 지금도 암 환자입니다. 항암제를 먹고 있습니다."

지금 생각해도 그보다 리얼한 강의가 또 어디 있을까 싶다. 그 누구도 흉내 낼 수 없는 독특한 강의가 아닌가.

또한 병원에서 알려 주지 않아서 독학해야 했던 암에 대한 지식들이 사람들에게는 소중한 정보로 느껴졌던 것 같다. 보건학 책도 읽고 독일 항암 프로그램도 알아보고, 《침묵의 봄》이라는 생태학 관련 책도 보고, 대체의학 책들도 보고, 전문적인 논문도 찾아보는 등 다양한 경로로 독학 습득한 지식들이었다.

처음 항암 치료에서 잘 죽던 암세포들이 살아남은 뒤에는 똑똑해져서 자신들의 생체 주기를 바꾼다. 그래서 항암제가 들어왔을 때 분열하지 않고 그 이후에 분열을 한다. '항암 약물 내성 체계'다. MBC 휴먼다큐 《사랑》의 〈풀빵엄마〉 편에 나왔던 최정미 씨가 항암 주사를 25회나 맞았던 이유가 바로 이것 때문이었다. 그런데 항암제를 맞아도 암세포가 다 사라지진 않는다.

유방암 1기라도 전이됐을 확률이 반, 항암 치료를 했어도 어딘가에 암세포가 남아 있을 가능성이 있는 것이다.

나는 평생 암세포들이 자라지 않도록 신경 쓰며 생활해야 한다. 좋은 것을 많이 먹고, 스트레스도 받으면 안 되고, 마음속에서 미움을 덜어 내야 한다. 대부분의 환자들은 병원에서 이런 자세한 이야기를 해 주지 않기 때문에 치료 후 2~3년이 지나면 본인이 암 환자였다는 사실을 잊고 생활한다. 단언컨대, 매우 위험한 행동이다. 암에 걸렸다면 늘 조심하고 챙기면서 경계심을 늦추지 말아야 한다. 그러지 않으면 재발 위험이 더욱 높다. 지금까지도 내겐 가끔씩 죽음의 공포가 훅 밀려온다. 몸 어딘가에서 자라고 있을지 모를 내 암세포 친구들이 의식되어서다.

또 알아본 바에 의하면 유방암은 뇌와 폐, 뼈로 전이가 잘된다. 그걸 안 뒤로는 두통만 조금 생겨도 '이거 뇌로 전이됐나?' 하는 생각이 들어 잠을 못 잤다. 무릎이 조금 쑤시고 아프면 '이거 뼈로 전이된 거 아닐까?' 하는 두려이 밀려왔다. 6개월에 간격으로 건강검진을 받고 일주일 뒤 결과지가 나와 의사와 면담하기까지 기다려야 하는 시간이 지옥 같았다. "정상입니다."라는 의사의 말에 다시 6개월의 생명을 보장 받는 6개월 만기 예금 가입자처럼 살았나.

암은 내게 한마디로 다 표현할 수 없는 복잡한 감정을 안겨 주었다. 투정처럼 죽고 싶다는 말을 입에 달고 살았지만 암 진단을 받고 나서 살고 싶다는 욕망을 느끼면서 철이 들었고, 아이들 때문에 눈물이 났고, 열심히 살아온 인생에 회한이 생겼다. 슬프고 억울한데 살고자 하는 의지는 점점 강해져 계속 매달릴 수밖에 없었다.

아무리 아파도 생활은 해야 했다. 아이들은 학교에도 가고 학원에도 가야 했다. 아파트 관리비도 내야 했다. '나는 내년에 죽을지도 몰라.'라는 생각도 들고, '아니야. 1기이고 치료를 잘했으니 건강하게 잘살 거야.' 라는 생각도 들었다. 차분해졌다가 극한으로 갔다가 주체하지 못하고 돈을 썼다가 아꼈다가 했다. 그러면서도 의미 있는 일을 하고 싶고, 삶에 대한 열망도 생겼다. 신명 나는 강의가 끝나면 밤에 혼자 잠자리에 누워 별별 생각을 다 하기도 했다. 시간이 얼마 남지 않았을지도 모른다는 절박함에 뭔가를 열심히 하다가도 '아니야, 인생 뭐 별 거 있어? 좋은 사람들과 맛있는 거 먹고, 재미있는 거 하면 되지.' 하는 생각도 밀려왔다.

2008년에 장기 기증 서약을 하고도 2009년 10월 18일 암 진단을
받자 감정 상태가 널을 뛰었다.

스스로 개척한 제2의 전성기

강제적으로 주어진 요양 기간은 참 소중한 시간이 되었다. 지나
온 길을 돌아보고, 내가 정말 하고 싶었던 일에 대해 생각을 정리
하게 된 것이다. 어린 시절 꿈이 무엇이었는지도 떠올릴 수 있었다.
자신의 정보와 노하우를 알려 주는 선생님. 비록 사범대학을 나오
지 못해서 학교 선생님은 될 수 없지만 후배들을 대상으로 보험 일
을 하면서 겪은 경험과 노하우는 잘 전달할 자신이 있었다.

때마침 회사의 교육 담당자가 퇴사한 뒤 컨설팅 회사를 차렸는
데, 내가 암 진단을 받기 전에 보내 놓았던 강의안을 보고 연락을
해 왔다. 신기했다.

처음에는 재무 강의 프로그램 중에 구색 맞추기로 건강보험 강
의를 넣는 형태였는데 사람들의 반응이 무척 뜨거웠다. 수명이 는
만큼 병도 늘었으니 꼭 필요했던 강의였던 것이다. 여기 저기 아픈
곳이 많아 의학 서적을 많이 읽다 보니 반 의사가 된 것 같다는 평
가도 들었다. 암이 나를 떠나갈 채비를 시작했을 때 내 인생은 전문

강사로의 삶을 시작하고 있었다.

일반적으로 암에 걸리면 삶의 영역이 축소된다. 하지만 나는 암 진단 후 오히려 삶이 확장되었다. 촛불이 제 몸을 태워 불꽃을 활활 일으키듯이 내 삶을 그렇게 일으켜 세웠던 것 같다. '하나님, 제게 맡겨 놓으신 소명이 있지요? 그 소명을 다할 때까지 저를 살려 주실 거죠?' 하는 배짱으로 밀고 나갔다.

내가 존경하는 작가 장영희 교수도 암을 진단 받은 뒤의 삶의 희망을 담담하게 표현하고 있다.

올해는 나의 안식년이다. 요즈음은 교수들이 안식하는 해가 아니라 연구에 더 집중해야 하는 해라고 '연구년'이라고 불린다. 2001년 첫 연구년을 보스턴에서 보낸 후 오래 전부터 난 두 번째 연구년을 준비했다. 공동 연구할 교수에게서 초청장을 바고 남들이 부러워하는 좋은 조건의 연구비까지 확보해 놓았다. 그래서 올여름 난 미국에 가서 지금쯤은 샌디에고서 아름다운 정원이 내다보이는 도서관 창가 자리에 앉아서 책을 읽고 있어야 한다. 하지만 2004년 유방암이 재발한 후 이제까지 수십 차례 받는 항암 치료가 별 효과가 없어 다시 새로운 약제로 치료를 시작해야 한다는 주치의의 말에 난 꼼짝없이 발이 묶였다. 미국에 간들 연구는 커녕 매일 백혈구 수치, 간 수치에 전전긍긍하면서 소중한 연구년

을 허무하게 보내야 한다는 게 너무 억울해서 난 내내 우울한 시
간을 보냈다.

그런 와중에 얼마 전 독자로부터 한 통의 이메일을 받았다. 작년
부터 가끔씩 내게 이메일로 소식을 전하거나 상담을 청하는 독자
인데 지난 여름 실직 후 최근에 직장을 구했으나 다시 그만두게
되었고 실연까지 당했다고 했다.

"선생님, 선생님은 늘 제게 희망을 말씀하시지만 이제 저는 가망
없는 희망을 버리려고 합니다. 어디선가 읽은 이야기인데 한 눈
먼 소녀가 아주 작은 섬 꼭대기에 앉아서 비파를 타며 언젠가 배
가 와서 구해 줄 것을 기다리고 있었답니다. 그녀가 타는 음악은
아름다운 희망의 노래입니다. 그런데 물이 자꾸 차 올라 섬이 물
에 잠기고 급기야는 소녀가 앉아 있는 곳까지 와서 찰랑거리고
있습니다. 하지만 앞이 보이지 않는 소녀는 자기가 어떤 운명에
처한 줄도 모르고 아름다운 노래만 계속 부르고 있습니다. 이런
희망, 너무 비참하지 않나요?

난 답했다. 아니, 비참하지 않다고. 희망의 노래를 부르든 안 부르
든 어차피 물이 차 오른다면 그럴 바엔 부르는 게 낫다고. 그리고
그 소리를 듣고 배가 올 수도 있고 공중에 날던 헬리콥터가 소녀
를 발견할 수도 있고 썰물때가 되어 물이 빠져 소녀가 죽지 않을
개연성은 얼마든지 있다고.

이에 대해 독자는 짧은 답을 보내 왔다. '선생님이 말씀하시는 희망~ 다시 연구해 봐야겠습니다.'

희망을 연구한다고? 낯선 표현이 문득 마음에 와 닿았다. 맞다. 나의 이번 연구년에는 희망을 연구해야지. 끝이 보이지 않는 항암 치료에 몸과 마음이 지쳐 가지만 독자의 말에 충실하기 위해서라도 희망을 연구하고 실험하리라. 그래서 이 추운 겨울이 지나고 내년 봄 내 연구년이 끝날 무렵에 멋진 연구 결과를 발표할 수 있다면 난 지금 세상에서 가장 보람된 연구년을 보내고 있는 것이다.

— 장영희 교수의 《살아온 기적 살아갈 기적》 중에서

나 또한 생명의 끈을 붙잡고 건강을 연구하기로 마음 먹었다. '지피지기면 백전백승'이라는 옛말처럼 암을 알아야 암을 이길 수 있다는 생각에 암에 관한 각종 자료를 찾아서 읽고 하나 하나 배워 갔다. 그리고 건강해지기 위해 노력했다.

〈장진희의 희망 연구 프로젝트〉

1. 몸무게 측정하기 _ 아침에 일어나자마자 몸무게를 측정하는 일로 하루를 시작한다. 유방암 환자는 몸무게가 늘어나면 재발 위험이 높아지기 때문이다. 몸무게가 어제보다 조금이라도 늘어났다면 그날은 싱겁게 먹고 기름진 음식도 피하고 한식 위주의

채소로 식이 조절을 한다. 날마다 숙제하듯 체중 관리를 한 덕에 나는 여전히 암 진단 전의 몸무게를 유지하고 있다.

2. 따듯한 물 마시기 _ 원래 찬물을 마시면 속이 후련해서 좋았다. 하지만 암세포가 열에 약하다는 사실을 알고 난 뒤에는 따듯한 물로 바꾸었다. 틈나는 대로 족욕을 하여 체온을 상승시킴으로써 면역 기능을 높여 주고 있다.

3. 운동과 좋은 음식 먹기 _ 나는 음악을 좋아하고 흥도 많다. 그래서 라틴 댄스, 밸리 댄스, 재즈 댄스 등 춤을 추면서 하는 운동을 택했다. 식단도 과일과 채소, 잡곡 위주로 구성하고, 그토록 좋아하는 고기도 삶거나 된장찌개에 넣어서 살코기 위주로 조금만 먹는다.

4. 규칙적으로 생활하기 _ 나는 가급적 저녁 약속을 잡지 않는다. 모임이나 회식을 저녁에 하다 보면 술도 마시게 되고, 그러다 보면 몸에 무리가 온다. '저녁 식사는 집에서'가 나의 원칙이다.

5. 평화로움 추구하기 _ 어려운 일이었지만 노력했다. 나는 노력의 근육이 발달되어 있는 편이다. 신앙에 더욱 의지하며, '인명은 재천이다. 이 세상에 태어난 이유가 있고, 해야 할 일을 아직 못 했으니 내 일을 다할 때까지 내 생명은 유효하다.'라고 생각하고 치열하게 생활했다.

6. 착한 일 찾아 하기 _ '프로라이프'라는 생명을 살리는 단체에

기부했다. 입양된 아이 둘에게 2년간 양육비를 지원하는 프로그램이다. 고백하건대, 내가 천사여서가 아니라, 생명을 살리는 일을 하면 내 생명이 연장될 것 같아서였다. 어쨌든 나는 '내가 쓴 돈만이 내 돈'이라는 철학을 가지고 있다.

7. 즐겁게 살기 _ 좋아하는 일을 하면 즐겁다. 나는 영화와 음악을 매우 좋아한다. 보험 영업하랴 책쓰랴 강의하랴 바쁜 일상이지만 개봉작은 놓치지 않고 본다. 또한 기계치인데도 음악 관련 어플리케이션만큼은 기막히게 잘 다뤄서 최신곡과 인기곡은 물론 다양한 장르의 음악을 즐긴다. 좋아하는 뮤지션의 공연은 직접 현장을 찾아다닌다.

8. 여행하기 _ 국내든 해외든 여건이 허락되면 기꺼이 다닌다. 지난해 큰아들 제대 기념으로 둘이서 스페인 일주를 했다. 이번에도 '내가 쓴 돈만이 내 돈'이라는 개똥철학을 내세우며 말이다.

나만의 교과서, '장진희의 보장자산 실감화법'

초보 강사 시절 나의 현실은 단순히 사례 발표를 하는 정도였지만 가슴속에는 '나도 강의를 하고 싶다. 나만의 교과서를 갖고 싶다.'라는 꿈을 품고 있었다. 그러다가 우연히 마음에 드는 글을 발

견하고 무작정 그 작가와 통화를 한 뒤 무턱대고 와서 내 강의를 들어 보라고 청했다.

초대는 했지만 스스로도 '장진희, 너 미친 거 아냐?', '제정신 아니지? 어떻게 그런 제안을 해?' 하는 생각에 전화 통화 후 1주일간 잠을 설쳤다.

다행히도 내 첫 강의를 듣고 "심봤다!" 하고 외쳤다는 작가 겸 출판사 사장은 내 안에 있는 어설프지만 엄청난 에너지를 알아봐 주었다. 그 무모한 도전과 용기가 결실을 맺어 2만 5,000부가 팔리는 책을 쓰게 되었다. 많은 세일즈 화법의 책이 있지만 현직 설계사 여성이 세일즈 기법을 화법으로 만들어 내서 베스트셀러가 된 것은 내 경우가 처음이었다. 심지어 내 책은 설계사가 의학적인 해석을 통해 질병에 대한 것을 화법으로 만든 최초의 보장자산 책이다.

어떤 분은 내 책을 읽고 "앞으로 장 팀장의 강의를 따라하는 사람이나 이 책을 흉내 내는 사람들이 있을지는 몰라도 그들은 모두 장진희의 아류일 뿐이다."라고 말했다. 아직도 그 책은 건강보험, 생존보험, 보장성 보험, 질병에 관한 보험을 팔려고 하는 사람들에게는 교과서처럼 읽히고 있다. 이 얼마나 황홀한 결과물인가.

내가 글을 잘 써서 베스트셀러가 된 것이 아니라는 걸 안다. 사람들이 내 책을 찾는 이유는 구체적으로 상세하게 화법을 설명하고 현장에서 적용할 수 있는 어프로치 방법과 팁을 자세하게 설명해 주기 때문이다.

내가 이런 일을 하다니! 장하다, 장진희!

이젠 너희가 잘돼도 괜찮아!

친구들에게 느낀 배신감은 쉽게 사라지지 않았다.

'그렇게 믿었던 사람들이 어쩌면 나에게 이럴 수 있을까?'

10여 년이 지났는데도 묵직한 돌멩이가 목에 걸려 있는 것 같다.

어느 날, 상담사 친구가 나에게 말했다.

"진희야, 네가 지금 느끼고 있는 것은 애증이야. 이제 그 친구들을 놓아 버리면 어떻겠니?"

애증……. 그럴지도 모르겠다. 사실 최고의 미움은 무관심이다. 그런데 그들이 계속 내 맘속에 앙금처럼 남아 있는 것은 왜일까?

고등학교 시절 늘 혼자였던 내게 친구들은 곧 학창 시절이다. 그때 느끼지 못했던 친구간의 정을 느끼게 해 준 친구들이다. 30대 후반의 여자가 어디서 학창 시절의 풋풋함과 즐거운 감정을 누릴 수 있겠는가. 천만금을 준들 살 수 있는가 말이다.

오랫동안 나랑 분쟁했던 친구들을 용서하지 못하고 괴로워했던 것은 미움이 아니라 친구를 잃어버린 아픔이란 걸 깨달았다. 한쪽의 감정이 너무 강하면 그 밖의 감정은 깨닫지도 느끼지도 못하듯이, 그 친구들에게 받았던, 돈으로는 살 수 없는 시간들에 대해서 미처 생각하지 못했었다.

"진희야, 미움을 의식으로 한 번 떠나보낼까?"

상담사 친구는 촛불을 끄더니 "나는 이렇게 돼서 참 속상하지만 이러이러해서 괜찮아."라고 친구들의 이름을 하나하나 부르게 하면서 회복할 수 있도록 도와주었다. 그 이후로 거짓말처럼 마음이 평온해졌다.

같은 회사에서 근무하기에 그 친구들의 큰 계약을 공지 사항에서 확인할 수 있는데 전혀 속상하거나 화가 나지 않았다. 엘리베이터에서 만나도 마찬가지다.

그래…… 나는 이제 너희들이 잘돼도 괜찮아…….

아버지를 용서하며 비로소 어른이 되다

어느 날 책을 읽다 보니 마음이 울컥해지는 구절이 있었다. 딸이 "엄마, 나 돈 좀 줘." 하자 엄마는 쌈짓돈을 내주었고, 일상에 지쳐 있던 딸이 그 돈으로 여행을 가는 대목이었다. 재판으로 몸과 마음이 지쳐 있던 나도 아버지에게 전화를 해야겠다는 생각이 들었다.

엄마의 뻔한 사정을 다 알기에 아버지한테 전화를 한 거였는데 아버지의 반응은 기대와는 사뭇 달랐다.

"아버지 나 돈 좀 줘요. 나, 살기가 너무 힘들어요." 했더니 아버지가 "내가 돈이 어디 있냐." 하시는 거다. 아프고 힘들다는 딸에게 '내가 더 힘들다'라고 하시는 아버지라니. 내 사정을 몰라주는 아버지가 미워서 전화를 끊어 버렸다.

한참 후, 어떤 미련이 남았는지 아버지에게 또 전화를 하게 됐다. "나 암이래요. 내일 수술해요." 그러자 아버지는 "어쩌다 네가 그런

병에 걸렸냐? 괜찮냐?" 하시더니 "나도 아파 죽겠다." 하시며 당신 아픈 말씀만 늘어놓는 것이었다. 그렇게 아버지와의 통화는 서러움만 남겼고, 그 뒤로 3년간 전화 한 통화 없었다.

아버지 때문에 아파하는 나에게 친구가 말했다.

"진희야, 우리 아버지의 입장으로 돌아가 보자. 스물일곱 살의 젊은 나이에 병이 찾아온 걸 알았어. 얼굴이 일그러지고 사람들에게서 외면 당할 거란 생각에 무섭지 않았을까? 얼마나 두려웠을까? 인격이 성숙되기 전에 자기중심적인 연민이 고착화되어 버렸다면 어떨까? 병을 포용하고 다른 누군가를 포용할 여력이 있을까? 원망과 자기 연민에 빠지지는 않을까? 딸을 볼 때마다 자신의 상처와 죄가 자꾸 드러날 텐데 과연 널 보고 싶을까? 남아 있는 자기 생을 즐기고 싶지는 않았을까?"

친구 말을 듣고 보니 아버지가 이해됐다. 아버지는 가족을 돌볼 여력이 없었던 게다. 세상에 대한 원망으로 자기 연민에 빠져 허우적거리고 있었을 게 분명했다. 얼마나 두려웠을까, 얼마나 죽고 싶었을까…… 아버지를 대변하던 친구의 눈에 그렁그렁 눈물이 고였다.

"네가 아버지에게 원망을 늘어놓으면 아버진 자신의 잘못을 자꾸 확인하게 되는 건데 과연 너와 통화하고 싶겠니?"

그때 친구를 통해서 아버지의 입장을 처음 들었다. 나는 아버지를 성숙한 인간이라고만 생각했었다. TV 드라마에 나오는 모든 아버지는 가족을 잘 부양하며 인자했다. 당연히 내 아버지도 그래야 했다. 그런데 아버지는 나와 5년이나 살면서 출생신고도 해 주지 않았고, 평생토록 무심했다. 학비 한 번 주지 않았고, 삶이 버거워 손을 내밀었을 때도 외면하셨다. 그런 아버지가 도저히 이해되지 않았고, 원망도 깊었다. 그 원망에는 그리움이 섞여 있었다.

갑자기 눈물이 왈칵 쏟아졌다. 아버지가 아닌 한 인간, 한 남자로서의 아버지가 불쌍하다는 생각에 눈물이 멈추지 않았다. 마음이 너무 먹먹했다. '나라도 통화가 싫겠구나. 딸의 목소리를 듣는 순간 자신의 원죄와 마주하는 것이니 싫겠구나.'

마음을 진정시킨 뒤 아버지에게 전화를 했다. 전화를 끊으려는 아버지에게 "아빠 끊지 마." 하고 절박하게 불렀다.

"아빠한테 화내려고 전화한 거 아니야. 미안하고, 보고 싶다고 말하려고 전화했어요. 아빠 힘든 삶을 몰라 드려서 미안해. 나 그냥 아빠 보고 싶어서 전화했어요."

잠시 침묵이 지나고 느릿느릿한 아버지의 대답이 돌아왔다.

"진희야, 나도 네가 보고 싶다."

"아빠, 제가 지금 내려갈게요."

"나도 보고 싶지만 지금 내 몸이 너무 안 좋고, 몰골도 엉망이다. 건강이 좀 회복되면 내가 보러 가마. 꼭 너를 보고 싶다. 나도 차라리 네가 내 딸이 아니었으면 네가 얼마나 편했을까 하는 생각을 한 적이 있었다. 왜 나 같은 사람한테서 태어났니? 미안하다."

그렇게 우리 부녀는 40년 만에 서로를 마음으로 부둥켜안으며 전화를 끊었다.

얼마 전 아버지와 통화를 했다. 이제는 전화를 편안하게 받으신다는 게 느껴졌다. 다정하게 이름을 부르시고, 말씀을 오래 하셨다. 그리고는 천천히 당신의 속 이야기를 꺼내 놓으셨다.

"내가 몹시 아파서 병원엘 왔다 갔다 하는데 그래도 네 새엄마가 의리 있는 사람이라 나를 안 떠나고 보살핀다. 네 전화가 한 번씩 올 때마다 불편해 해. 여길 떠나면 나는 갈 데가 없어. 그러니 진희야, 아버지가 연락할 때까지 좀 참아 다오."

"네, 아버지, 알겠어요."

나는 군말 없이 전화를 끊었다. 아버지의 진심을 알게 되기까지 40년이 걸린 것이었다.

그간 스스로 피해자라고 생각했던 것이 나를 더 힘들게 했던 것이다. 부정적인 생각과 감정을 움켜쥐면 어두운 삶을 살게 된다. 어떠한 생각, 어떠한 감정을 선택하느냐는 전적으로 내 책임이다.

올해 아버지 나이 77세. 돌아가시기 전에는 한 번쯤 꼭 만나고 싶고, 어머니와도 화해시켜 드리고 싶다.

Part 8

나를 일으켜 세운 한 마디

다음의 문구들은 나에게 이정표가 되어 삶을 밝게 성장시킨 말들이다. 부디 이 문구들이 또 다른 누군가에게 전해져서 새로운 희망과 의지가 되어 주기를 소망한다.

1. 나에게 일어나는 모든 일은 나를 위해서 일어난다

바이런 케이티의 《네 가지 질문》의 한 구절이다.

난 지금도 불안한 삶을 사는 사람이다. 누군가가 나에게 보험을 들어 주어야 생계가 유지되고, 누군가가 강의 요청을 해 와야 내 삶이 지속된다. 자칫 불안하고 부정적인 생각을 선택할 수도 있다. 하지만 이제 나는 이렇게 생각한다. "나에게 일어나는 모든 일은 날 위해서 일어난다!" 그것이 설령 오늘 나쁜 얼굴을 하고 나타났다 하더라도 나의 현실과 무의미하게 다투지 않고 순응하며 살 수 있게 된 것이다. 왜냐하면 현실과 다툴수록 사나워지고 지쳐 가는 나를 느꼈기 때문이다.

얼마 전, 강의 한 건이 하루 전날 취소된 경우가 있었다.

강의는 생방송으로 진행하는 공연과도 같다. 준비 과정도 시간과 정성이 들어가고 함께 동행할 매니저와의 스케줄도 맞춰야 한다.

또한 1개월 전부터 일정이 잡힌 경우라 그동안 다른 곳의 섭외를 거절했기에 경제적 손실도 크다. 여러 가지 이유로 기분이 언짢고 화가 났지만 감정을 차분히 정리하고 담당자와 통화를 했다. 내 입장에서는 손해배상을 청구해야 할 건이니 책임자 선에서 정확한 경위를 듣고 싶다고 말했다.

담당자와 전화 연결이 되어 이유를 들어 보니 수강생들의 인원 점검이 제대로 이루어지지 않아 행사 진행이 어려워졌기 때문이라고 설명했다. 담당자는 무척 죄송하다며 사과하며, 다음 기회에 2배로 강의를 요청하겠다는 약속도 했다. 나도 자세히 설명해 주어서 감사하다고 마음을 전하고 다음번에 꼭 뵙자고 말했다.

강의가 취소된 사실은 속상하고 아쉬운 일이지만 내가 원하는 건 그곳에서 강의를 다시 하는 것이다. 손해배상 청구로 얼마간의 위로금을 받자는 게 아니었다. 그리고 때마침 지독한 몸살감기에 걸렸던 터라 강의가 계획대로 진행되었어도 컨디션 난조로 100% 몰입하기 어려운 상태였다. 만약에 강의를 무리하게 진행했다면 분명 건강에 무리가 왔을 거라는 생각이 들었다. 결국 강의 취소는 나를 위해서 일어난 일이었다.

2. 절제를 찬미하라

책을 읽다가, 혹은 말씀을 듣다가 마음에 꽂히는 글귀가 있으면 계속해서 곱씹으며 체화하는 과정을 거친다.

'절제를 찬미하라.'라는 말은 굴곡진 나의 삶에서 나침반 같은 역할을 해 주는 말씀이다.

몇 해 전 김회권 목사께서 내게 직접 써 주신 글이다.

절제는 모든 열정적인 인물들에게 결정적으로 중요한 덕목입니다. 성공 혹은 성취의 절정에서 그 모든 좋은 것을 지키고 보존할 수 있게 만드는 덕목이 바로 절제입니다.

절제는 삼감이며, 상식적인 자기 성찰의 능력입니다.

절제는 다른 사람의 낯빛을 살피며 목소리를 조절하는 배려의 마음이며, 절제는 자신의 광채의 20% 정도를 바보스럽게 감출 수 있는 무섭고도 냉정한 자기 낮춤, 자기 은닉의 기술입니다.

장진희 자매님은 총명과 열정이 넘치는 사람입니다. 눈빛의 광채가 형형한 빛을 띠며 대화할 때 사람들을 설득할 수 있는 언변이 유창하게 흘러나옵니다.

바로 그때 사람들이 진희 자매님을 보고 돈이나 재정을 생각하는 것이 아닌 인생을 생각하게 만드는 것이 바로 절제입니다.

— 절제를 찬미하며, 김회권 목사

오랜 시간 이 말씀을 마음에 새겨 두고 노력하여 이제는 인생을 말하는 장진희가 되고 있다.

3. 하루에 세 번 칭찬 듣기

가족이나 친구한테 칭찬해 달라는 요청을 해 보자.

나의 경우에는 가까운 사람들이 해 주는 칭찬이 큰 힘이 되었다. 칭찬을 들으려고 상황을 만드는 것이 아니라 직접 칭찬을 부탁하는 것이다.

"나의 어떤 점이 좋아? 칭찬 세 가지만 해 줘."

일부러 부탁해서 들은 말일지라도, 어쨌든 칭찬을 들으면 힘이 난다. 사람은 인정받기 위해서 평생을 다 바친다고 할 수 있기 때문이다. 어려서는 부모님께, 학교에 가서는 친구들과 선생님께, 사회에 나와서는 직장 상사와 동료에게…….

이왕이면 가벼운 사람 말고 진지한 사람한테 부탁하는 것이 좋다. 일을 하다 보면 지치고 힘들거나 의욕 상실, 자괴감에 빠질 때가 있다. 자기 자신에 대한 확신이 떨어질 때, 나와 진실한 관계를 맺고 있는 사람에게서 칭찬을 들으면 힘이 난다.

하루는 친구와 전화 통화를 하다가 "나 너무 힘들어. 내 칭찬 세 가지만 해 줘 봐."라고 부탁했더니, 친구가 바로 "착하지, 예쁘지, 지적이지, 능력 있지."라고 대답해 주었다. 나는 그 말을 문자로 보내 달라고 해서 의기소침해질 때마다 곱씹었다.

내가 누군가를 미워하듯이 누군가도 나를 미워할 수 있다. 머리로는 충분히 이해가 간다. 하지만 실제로 그 미움은 마음을 아프게 한다. 그래서 치유의 행위가 필요하다.

독자분들도 책 읽기를 잠시 멈추고 믿을 만한 친구에게 전화를 걸어 칭찬을 요청해 보시라. 바로 힘이 불끈 솟을 것이다.

4. 1%라도 책임질 일이 있다면 기꺼이 책임을 다하라

재판 초기에는 억울하다는 생각만 했다. 하지만 리더였던 나는, 내 삶을 돌아보며 '책임'에 대하여 진지하게 생각하게 됐다.

회사 내에서 내가 하는 말은 어느 정도 공신력이 있었다. 그래서 더욱 신중하게 행동해야 했다. 나름대로 인지도가 있고 말에 책임을 져야 하는 위치에 있는 사람은 더욱 책임을 무겁게 져야 하는 것이었다.

나는 오래도록 힘든 세월을 살아 내면서 '책임'에 대하여 나만의 개념이 생겼다.

책임을 진다는 것은 도전하는 것이다.

책임을 진다는 것은 받아들이는 것이다.

책임을 진다는 것은 인정하는 것이다.

그럼에도 불구하고, 연어처럼 진주처럼

책을 핑계로 지나온 삶의 궤적을 정리하다 보니 내 삶은 연어 그리고 진주조개와 참 많이 닮았다는 생각이 들었다. 흐르는 강물을 거슬러 올라 마침내 고향으로 돌아가 알을 낳는 연어의 생태가 내 삶의 태도와 닮았다. 그리고 아픔을 품어 끝내 아름다운 진주로 만들어 내는 진주조개는 온갖 설움을 이기고 희망을 연구하는 현재의 내 모습과 맞닿아 있다.

일반적으로 위험을 인지하는 사람들이 보이는 망설임, 위축, 포기가 내겐 없었다. 오히려 위기에 직면할 때마다 무모하리만큼 도전하고 또 도전하는 게 바로 나였다. 행동이나 언어가 호전적이거나 공격적인 적은 없었다. 하지만 삶의 태도는 늘 도전적이었고 투지를 불태웠다. 때로는 나방이 제 몸 타는 것도 모른 채 불속으로 뛰어들듯 물불 가리지 않고 목표를 향해 나아가기도 했다.

물론 그 도전들이 모두 성공적이었던 것은 아니다. 실패도 많았고 상처도 입었다. 하지만 결과적으로는 도전해서 얻은 것이 더 많았다고 여겨진다.

가장 먼저 떠오르는 건 허브랜드 강의장이다.

《시크릿》과 《꿈꾸는 다락방》을 읽고 구체적인 꿈을 품은 후 매일같이 되뇌다가 정해 놓은 날짜에 직접 허브랜드 대표를 찾아가 '여기에 내 강의장을 만들게 해 달라.'라고 요청할 수 있는 사람이 과연 몇이나 될까? 무모한 용기였지만 오랫동안 마음에 품고 키워 온 나의 꿈은 허브랜드 대표를 설득하기에 충분한 근거가 되었다. 내가 도전하지 않았다면 지금의 강의장을 가질 수 있었겠는가? 무모한 도전으로 보였던 내 꿈은 행동력을 갖추면서 구체화되었다.

나의 책 또한 그러한 도전을 통해 얻은 결과물임에 분명하다. 우연히 마음에 드는 글을 발견하고 무작정 그 작가와 통화를 한 것이 인연이 되어 그분과 함께 책을 쓰고 마침내 2만 5,000부가 팔린 《보장자산 실감화법》의 작가가 되었다.

강의 또한 마찬가지다. 시간당 10만 원의 강사료로 시작해서 지금은 직무 강사로는 업계 최고의 대우를 받는 강사가 되었다.

대부분의 경우, '연어' 하면 거친 물살을 거슬러 올라가는 모습과 함께 강인한 힘을 떠올린다. 그런데 연어가 물길을 거슬러 오를 수 있는 근원은 '포기하지 않는 끈기'이다. 나의 지난날에서 연어를 연상하게 되는 것도 바로 포기하지 않는 마음 때문이다.

강의를 시작한 지 2년쯤 되었을 때, 근무하고 있던 K사에서 제재가 들어왔다. 영업 활동을 하지 않고 그 시간에 다른 회사에 가서 강의를 하는 것이 문제가 된 것이었다.

낙담했느냐고? 설마 연어 같은 투지를 가진 장진희가 그랬을 리 있겠는가. 나는 여유로워진 시간을 활용하여 《협상의 10계명》이라는 책을 읽고 그 책을 모티브로 삼아 내가 이룩한 6,000건의 클로징 경험을 녹이고 구조화하여 6시간짜리 강의안을 만들었다. 이름하여 《무조건 팔리는 클로징 실감화법》.

나는 저항이 올수록 물러서지 않았다. 인내력과 투지를 발휘해서 더 앞으로 나아갔다. 마침표가 없는 장진희의 이야기는 지금도 계속되고 있다.

이물질을 품은 조개가 모두 진주를 만들어 내지는 않는다. 더할 수 없는 고통을 견뎌 낸 조개만이 진주를 품고 있을 자격이 생기는 것이다.

나 역시 상처를 끌어안고 받아들이는 과정이 쉽지는 않았다. 그래서 내가 선택한 방법은 주위에 도움을 요청하는 것이었다. 어떤 일을 도전하기 전에는 늘 주변 사람들에게 도와달라고 요청했고, 배우려고 노력했고, 의견을 물었다. 내가 진주가 되는 과정은 나

스스로가 잘나서가 아니라 내 곁을 지켜 준 소중한 사람들의 도움이 있었기에 가능했다는 뜻이다. 내 안에 무수한 상처들이 있었지만 주위 사람들의 도움을 받으면서 그 상처들을 어렵게 간직하고 치유해 왔다. 물론 거기에는 하나님 그분의 은총 또한 빠뜨릴 수 없다.

하지만 단지 아름답기만 한 진주는 싫다. 지금껏 연어의 도전과 투지로 나의 생존과, 내 꿈을 이루고 욕망을 성취하기 위해서 달려 왔다면 이제는 보다 성숙한 진주가 되어 꿈나무들의 꿈, 모두 함께 성장하는 꿈을 꾸고 싶다.

저 높이 솟은 산이 되기보다

여기 오름직한 동산이 되길

내 가는 길만 비추기보다는

누군가의 길을 비춰 준다면

내가 노래하듯이 또 내가 얘기하듯이 살길

난 그렇게 죽기 원하네.

꿈이 있는 자유의 노랫말처럼 사람들을 만나면 활력 있는 에너지를 주고, 따뜻함을 나누고, 강인함을 전해 주는 진주가 되기를 원한다.

이제 나는 아파하며 도전하는 무수한 연어들에게 오름직한 동산이 되길 원한다. 나의 성공이 주변 사람들을 행복하게 하는 것이었으면 좋겠다. 나와 함께 있으면 맛있는 밥을 자주 먹을 수 있고, 기분 좋게 인생의 고민을 해결하고, 다시 용기와 힘을 내서 살아 보고자 하는 의지를 갖게 하는 그런 성공이었으면 좋겠다.

누구에게라도 언니와 누나가 되어 토닥토닥 등을 두드려 주며 '힘들지, 그래도 또 해 볼까? 넌 할 수 있어.'라고 말해 주고 싶다. 내가 살아오면서 주변 사람들에게 받았던 감사하고 고마운 마음을 이제 나도 다른 이들에게 나누고 싶다.

그저 생각에만 머무르는 것이 아니라 나의 마음을 적극적으로 알리고 싶어서 이번 이야기를 정리했다. 나의 마음이 보다 많은 독자들에게 전해져서 그들 가슴에 희망의 불씨가 되어 주기를 간절히 소망한다.

포기하지 마세요.
좌절도 하지 말아요.
공포스럽고 좌절감이 느껴지더라도
인생에 지지 마세요.
딛고 일어서세요.
이 모든 것은 연어와 진주가 되는 과정일 뿐입니다.

지치고 힘이 든다면 나를 보세요.

당신의 내일은 오늘의 나보다

훨씬 더 빛나고 아름다울 것입니다.